史記

精采生動的人物傳記

改寫＝管家琪
原著＝司馬遷
繪圖＝陳維霖

中國經典大家讀

【推薦序】

林文寶（台東大學人文學院院長）

「黃河的源頭」、「盤古開天」和「后羿射日」等，是與大自然有關的故事；「一年三節和元宵節」的由來，則是跟節日相關的故事；「清廉公正的包拯」、「公而忘私的大禹」和「神醫李時珍」等，都是歷史上知名的人物；「七兄弟」、「臘八粥」、「等請客」和「金華火腿」等，則與市井小民的生活息息相關。這樣的故事很多，有的於史有據，有的則屬稗官野史，有的是民間傳說，不論如何，都充滿趣味，且蘊含許多先民的人生智慧，是值得好好閱讀的敘事故事。

這些過去記載在古籍裡的事蹟，常常掛在人們嘴上的故事，它是我們生活中共同的記憶，在全球化日漸普及的日子，曾幾何時，似乎已在慢慢的淡出我們的生活，一群人在榕樹下圍坐著老者聽故事的情景不再，電視上時常播出的古典名劇，例如《包公傳奇》，也多日不見。取而代之的是，外來文化的進入，新一代盲目的崇拜，造成強勁的「哈日風」吹起，波波的「韓流」來襲，西方文化更早影響了我們的生活，讓幾代以來的人忘了原有的東西。我們的生活因而充滿外來的話語或者術語，讓人人似乎都得了失語症，原來的那些共同記憶不見了。

在全球化的潮流裡，外來文化的進入，實難以避

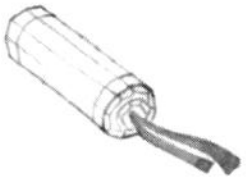

免，也不可能阻擋，然而這並非說，我們只能消極的接受、盲目的迎合，而是可以有所選擇，採取截長補短的態度，讓我們的文化得以發揚和傳承。

這可以經由鼓勵閱讀來逐步恢復，而且要從小做起。

其實，閱讀的活動早在我們的社會中推行許久，只是閱讀有各種不同的目的：或為考試，或為充實自己，或為文化傳承；在功利主義的作祟下，有為了充實自己而閱讀，其理由當然可喜，偏偏許多是為了考試，從小養成，進而造成了許多偏差的觀念，上述的崇拜因此形成，傳承文化的目的當然就被拋之腦後了。

若為了傳承文化的目的，找回我們的共同記憶，書目的決定可是非常的重要。儘管可以閱讀的書籍很多，蘊含許多趣味和人生智慧的敘事故事，卻是非讀不可的對象，因為它們具有永恆性和民族性，能夠經歷千年百年的考驗和焠煉，是絕對不可割捨的文化基因和先民智慧。在我們傳統的敘事故事裡，不論是口傳、短篇或者長篇的，就有許多這樣的敘事智慧，有些已經成為某種典故，例如「等請客」的故事，乃來自「三叔公躺在棺材裡，等請客」這句話，意在諷刺那些動不動就等著別人請客的人。

我國向來重視人文教育，它是我國歷來教育的特質。這是一種人文的修養，講究做人的道理與方法：懂得如何做人，才是最高的知識；學如何做人才是最大學問，尤其在外風進入時更需要深化。為了讓國小高年級以上的學生能閱讀這些敘事智慧，幼獅文化公司改寫了這些傳統文學，編輯成這一套「典藏文學」系列，計有十八本。內容特別強調故事性，都是最有

名的故事片段；讀者透過簡潔扼要的文字內容，不只能提升閱讀文學的樂趣，還能在這些傳統文學裡浸泡，熟悉和了解這些故事的內涵，更能夠吸收到裡頭的精華，進而體悟到其中的人生智慧和哲理，於是乎所謂的文化傳承或者共同記憶，因此產生。

經典文學離我們並不遠

【總序】

管家琪

中文是聯合國所定的五種官方語言之一，「漢語熱（也就是中文熱）」更已是一種全球性的熱潮。照理說我們都很幸運，生來就能掌握這麼重要、這麼美的一種文學。但是，所謂「掌握」，也僅僅是「會」的意思，可不一定保證就一定能學得好。想要學好中文，一定得大量的閱讀。

任何一種文字，任何一種語言，都不會只是一種單純的工具，它們所代表的是背後的文化，只有了解和熟悉了文化，才可能真正學得好。在這種情況之下，課外閱讀的重要性自然不言可喻。特別是對於經

典文學的閱讀。

經典文學不但是語文的基礎，也是精神文明的基礎。經典文學離我們並不遠，它們就存在於我們的生活之中。譬如我們現在所經常使用的成語和俗語，必定有一個典故，這些典故就都是在經典文學裡。我們可以非常肯定的説，只要是在中文的環境，經典文學將永不消失，只會歷久彌新。

「中國故事寶盒」(一共十二冊)自二〇〇三年九月出版以來，受到很好的回響，還有大陸簡體字版、馬來西亞版以及香港版等不同的版本，此番我們沿續廣受歡迎的「強調故事性」的風格，又挑選了六本同樣是故事性很強、又特別精采的中國古典文學，改寫成小朋友和青少年適讀的版本。希望小朋友和青少年朋友都會喜歡我們為你精心準備的這些精神食糧，並能從中獲得營養，既豐富你的精神生活，也提升你的語文能力。

目錄

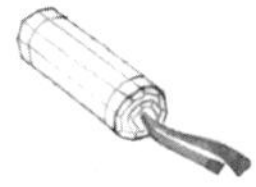

一個個散發永恆光輝的人物

【前言】＝管家琪

《史記》名列二十四史之首，在史學和文學兩大領域都有非常卓越的成就，對後世的影響也非常深遠。

作者司馬遷，字子長，夏陽龍門（今陝西韓城縣北）人，生於漢景帝中元五年（西元前一四五年），卒年已不可考，一般認定是在漢武帝末年，大約西元前九〇年。

在司馬遷六、七歲時，其父司馬談任太史令，他隨父進京（也就是長安），在茂林開始學習，曾師從當時的大儒董仲舒和孔安國等，大量閱讀了珍貴的古代典籍，接受了優秀的歷史文化的薰陶。二十歲以後，開始遊歷各地，了解各地的山川地理和風土人情，對於日後的寫作也有很大的幫助。

其父司馬談有志於《史記》，但沒有完成就不幸病逝，當時司馬遷三十五歲。父親臨終前期勉司馬遷能繼續自己未竟的志業。三年後，司馬遷繼其父任太史令，開始著手整理資料。經過四年的準備，司馬遷在四十二歲那一年，抱著繼孔子作《春秋》之後作第二部《春秋》的願望，開始寫作《史記》，直到五十五歲那年，前後歷經十三年，全書才得以完成。

在《史記》的寫作過程中，司馬遷遭受了一場嚴重的磨難。天漢二年（西元前九九年），由於為敗降匈

奴的李陵說了幾句公道話，觸怒了漢武帝，以「誣上」罪名下獄，緊接著又因家貧沒辦法自贖，也得不到任何援助，竟慘受「腐刑」（就是閹割）。司馬遷受此奇恥大辱，精神和肉體所受到的嚴重打擊可想而知，可是他還是頑強的活了下來，就是因為《史記》還沒有完成。《史記》完成後不久，司馬遷就與世長辭了。司馬遷留下來的著作，除《史記》和《報任安書》之外，還有〈悲士不遇賦〉及〈素王妙論〉佚文一段，其他都散失了。

《史記》洋洋數十萬言，描寫了從上古到西漢，一共三千多年的歷史。司馬遷首創《史記》的紀傳體例，以本紀、書、表、世家、列傳來統覽歷史事件和歷史人物的活動。

就史學家的角色來說，司馬遷的專業精神和敬業態度是非常令人敬佩的，特別是他堅持「不虛美，不隱惡」、「善惡必書」、「以古鑑今」的寫作原則，並不美化漢代最高的統治者，比方說在〈高祖本紀〉中，司馬遷既描寫了漢高祖劉邦的功績，又真實的呈現出劉邦好酒貪色的無賴嘴臉，也刻畫了他冷酷自私、背信棄義的個性。這種嚴謹客觀的寫作態度在過去帝王至上的封建時代，實在是非常難得。

而《史記》的文學成就，與之前的《左傳》、《戰國策》相比，更注重人物描寫，寫出一系列精采的人物傳記。司馬遷又非常善於描寫富於戲劇性的情節，來表現人物之間的矛盾和衝突，人物傳記自然也就更為生動。〈項羽本紀〉中「鴻門宴」一節，就是最好的一個例子。無怪乎後來許多小說和戲劇（特別是從唐、宋以後），素材基本上都是取材自《史記》。

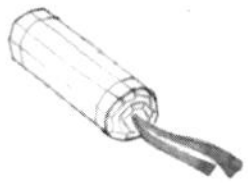

由於有些故事我們在這套「中國故事寶盒」其他幾本作品中已出現過，比方說屈原、西門豹的故事請見《民間傳說——故事的寶庫》，趙氏孤兒的故事請見《戲曲的故事——人生如戲》，再加上我們還有一本《東周列國誌——英雄輩出的年代》，該書所描述的是從西周結束，一直到秦統一六國，包括春秋戰國五百多年間的歷史故事，就內容而言，很多是與《史記》重疊的，因此，為了有所區隔，這本《史記——精采生動的人物傳記》就以楚漢相爭和漢初的歷史故事為主。

伯夷和叔齊

商朝時有一個小國叫作孤竹國。孤竹國的國王有三個兒子，大兒子叫作伯夷，小兒子叫作叔齊。

國王特別喜歡小兒子，喜歡到在臨終之際，居然留下遺命，指定要由小兒子叔齊來繼承王位。叔齊堅決不肯，因爲這顯然有違禮法，按照禮法制度，在父親去世之後，理應由長子來繼承王位。

照說既然叔齊如此明白事理，伯夷應該大大鬆了一口氣，然後高高興興的繼承王位才對。可是，伯夷也不肯，理由是：「讓叔齊繼位，是父親的遺願，也是父親的遺命，我絕對不能夠違背！」

說完，居然就離開了孤竹國。伯夷一走，叔齊也不願留下，也立刻打點行裝，追隨伯夷的腳步而去。

這可眞是讓孤竹國的群臣大傷腦筋。國家不可一日無君啊！現在既然伯夷和叔齊都走了，大家沒有辦法，只得擁立他們的兄弟——也就是先王的次子——來繼位爲君。

叔齊找到大哥伯夷之後，兄弟倆開始討論今後該何去何從。

孤竹國是絕對不能回去了，否則他們的兄弟坐在國王的寶座上，不是會很不自在？那麼，如果不回國，又能去哪裡呢？……兄弟倆想到曾經聽說西伯昌（也就是周文王）行善積德，樂意收養老人，便決定一起去投奔西伯昌。

然而，當他們風塵僕僕、辛辛苦苦的趕到岐周時，才知道原來西伯昌早已逝世，而且他的靈位正被武王用車載著，要去討伐失德無道的天子帝紂。

向來極爲尊崇禮法的伯夷和叔齊認爲，就算帝紂有

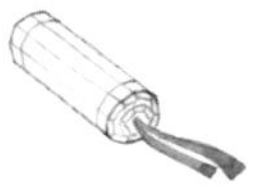

多麼的糟糕，做臣民的只能努力勸諫，即使因此而丟了性命，也在所不惜，怎麼能夠出兵去攻伐呢？

於是，他們攔在武王的軍隊前面，拚命拉住馬的繮繩，勸阻武王道：「你的父親死了，你不趕快爲他安葬，卻大動干戈，這能說是孝嗎？身爲帝紂的臣僚，帝紂有過失，不去勸諫，卻想興兵弒君，這能說是仁嗎？」

武王的左右一聽他們倆居然敢這樣大放厥詞，都很生氣，紛紛舉起長矛要殺了他們。姜太公在一旁勸阻，說他們都是仁人義士，不能殺，武王這才放過兄弟倆，姜太公也趕緊把兩人攙扶開。

後來，周武王伐紂成功，滅了商朝，建立了周朝，當時天下諸侯以及人民都承認武王的天子地位，只有伯夷和叔齊深以爲恥，他們認爲武王這種作法完全是違反既有的禮制。

兄弟倆打定主意不當周朝的臣民，寧可做殷商的遺民。他們發誓從今以後絕對不吃周朝的糧食，便相攜來到首陽山（今山西永濟），隱居起來。

在隱居期間，由於堅持不吃「周朝的糧食」，伯夷和叔齊只能靠採食一種叫作「薇」的野菜度日。

到了秋天，秋風一起，萬物凋零，薇也愈來愈少，兄弟倆愈來愈瘦，瘦到幾乎只剩下皮包骨。有人語帶譏諷的質問他們：「你們不吃周朝的糧食，卻吃周朝的野菜，這還不是一樣嗎？」

兄弟倆無言以對，想到美好的堯舜盛世已一去不復返，他們倆不願同流合汙，卻又無處可去，不禁悲從中來，心生無限的感慨和悲涼。

接下來，兄弟倆乾脆連「周朝的野菜」也不肯吃，就這樣活活餓死在首陽山上。

儘管在很多人看來，伯夷和叔齊冥頑不靈，不知變通，但也有很多人推崇他們倆品格高尚，節氣可嘉。孔

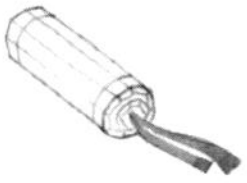

子也用「不降其志，不辱其身」來形容他們，意思就是讚美他們倆「不放棄自己信奉的理想，不同流合汙玷辱自己」的高尚情操。

項羽的故事

起兵吳中

項羽的出身非常高貴。項羽本名籍，「羽」是他的字，又字子羽。當時只有貴族子弟才有名有字。項氏家族世代都是楚國的將軍，被封在項那個地方，所以就姓項。項羽的祖父就是名將項燕，當年率軍與秦國大將王翦作戰，結果兵敗自殺。

項羽大約生於西元前二三三年。三年之後，秦國滅掉了韓國，接下來，秦國又滅魏、滅楚、滅趙、滅燕、滅齊，終於在西元前二二一年，也就是用十年的時間兼

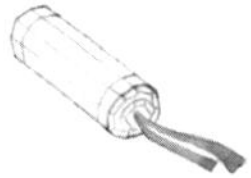

併了六國，建立了中國歷史上第一個統一的中央集權國家。

項羽出生在下相（今江蘇省宿遷）。楚國被秦軍所滅的時候，項羽才十歲。他是由叔父項梁所撫養長大。項羽年少時，讀書不成，就去學劍，學劍又不成，項梁非常憤怒。項羽的解釋是：「認字讀書只要能夠記錄別人的名字姓氏就夠了，學會了劍術也不過只能打敗一個人，都不值得學，我想學可以打敗萬人的辦法。」儘管項羽對於讀書的認識極爲幼稚，本身即爲武將的項梁還是覺得項羽這番話有可取之處，便教項羽兵法。項羽一開始學得挺起勁，但學了一點皮毛之後又不肯學了。

項梁眞正對項羽刮目相看，應該是在有一天項羽無意間所講的一句話。

秦始皇稱皇帝後，在位十二年期間，一共出巡全國五次，目的在於「示強威，鎮海內」（還有一種說法是爲了「尋找長生不老之藥」）。秦始皇三十七年（西元前二一〇年），秦始皇南巡至會稽山，在山上祭祀大禹，刻石留念，然後下山，經吳中（今江蘇省吳縣）北上，緊接著又從江乘（今江蘇省鎮江）渡江，一直沿著海邊向北走。當南巡隊伍浩浩蕩蕩的渡江時，許多百姓都駐足圍觀，項梁與項羽也在其中。項羽突然脫口而出道：「那個皇帝我可以取代他啊！」項梁急忙用手掩住項羽的嘴巴，斥責道：「噓！不要亂說，說這種話是要被滅族的！」

但私底下，項梁其實對項羽這番豪語還頗爲欣賞，認爲他志氣不凡。項羽這個時候二十三歲，身高八尺多，力氣很大，能一個人把一個重重的鼎給舉起來，在吳中一帶稱得上是一個出類拔萃的年輕人。那些在吳中土生土長的子弟，個個都敬畏項羽。

項梁自己在吳中一帶也頗有名望。幾年前，項梁因

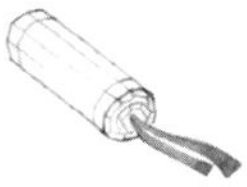

爲殺了人，帶著項羽避禍而來到吳中。不久，每當吳中有大規模傜役或喪事，項梁都用兵法組織當地的流民來協助辦理。很快的，吳中當地那些有聲望的人，都覺得自己的本事比不上項梁，都認爲項梁是一個很有才能的人。

登上會稽山祭大禹是秦始皇最後一次出巡。就在那一次出巡過程中，秦始皇返至黃河平原津時病倒了，大隊人馬雖一路疾馳想趕回咸陽，但七月來到巨鹿郡沙丘行宮時，秦始皇已嚥下最後一口氣。

一年之後，也就是秦二世元年七月，陳涉等人在大澤鄉起義。這年九月，會稽郡守殷通對項梁說：「現在天下大亂，長江以北都在造反，看來這眞是天要亡秦的時候了！我聽說先採取行動的就能夠制服別人，否則就會被別人所制服，現在，我打算發兵，令你和桓楚兩人做將軍。」

這時，項梁知道一個千載難逢的機會來了。

項梁說：「可是目前桓楚逃亡在外，沒人知道他的下落呀！」

殷通很失望，「啊，那可怎麼辦呢？」

項梁說：「您別急，我出去打聽一下。」

項梁一出來，便在項羽耳邊悄悄吩咐了幾句。項羽聽了，不動聲色，只拿了劍在門外待命。

項梁進去之後，就對殷通說：「有了，我的侄子項羽知道桓楚的下落，您不妨就派他去請桓楚吧。」

殷通大喜過望，「那就快叫項羽進來！」

項羽一進來，看到叔叔項梁遞過來一個眼神，馬上非常果斷的拔出佩劍，瞬間就斬下了殷通的腦袋！

混亂間，項羽輕而易舉便殺了府中官兵幾百人，項梁則提著殷通的頭，並把郡守的官印繫在身上。整個府裡都驚慌失措，但很快的，騷亂就平息下來，沒有人敢

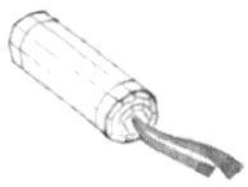

再抵抗。

項梁將地方上的豪傑吏士統統召集起來，把要起事反秦的大道理說了一通。項梁和項羽叔侄就這樣在吳中起兵，並立刻派人到各縣去徵兵，得了精兵八千人。不久，他們就帶著八千人馬渡過長江，向西面進發。

巨鹿之戰

秦二世三年，也就是西元前二〇七年年初，各路反秦武裝爲了替趙國解圍，都紛紛向巨鹿會集。楚王也用宋義作上將軍，而此時已做了魯公的項羽爲宋義的副將，范增作末將，要他們去救趙國。其餘所有將領也都由宋義管轄，宋義號稱「卿子冠軍」。

可是宋義率軍來到安陽，就不再往前走，而且一停就停留了四十六天。項羽很著急，催促宋義道：「我聽說秦軍將趙王圍困在巨鹿那個地方，我們應該趕緊渡河呀！有我們楚軍從外攻擊，趙軍在裡面接應，這樣一定能夠打敗秦軍！」

宋義卻說：「不能這樣！我們應該先讓秦國和趙國去鬥，屆時如果秦國打勝了，我們可趁他的兵馬都還很疲憊的時候去攻他，如果秦國戰敗，那我就更要領軍向

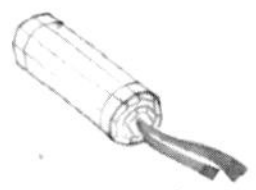

西進發，把秦軍徹底打回他們的老家！」

說到這裡，宋義還語帶嘲諷的對項羽說：「年輕人，如果要衝鋒陷陣，我宋義是不如你，可是若要運籌帷幄，制定戰略，你項羽可就不如我了呀！」

項羽不服氣，還想再辯，宋義卻不願再聽，高聲制止道：「就這樣，不用再說了！」

宋義隨後還向全軍下令：「凡是倔強不聽我差遣的，統統殺掉！」

爲了替自己多累積些政治資本，俾能多撈點好處，宋義還派遣兒子宋襄去齊國做宰相，並放著軍務不管，親自護送兒子，送到無鹽這個地方，又停下來大擺酒席，大宴賓客。

與此形成鮮明對比的是，士兵們在非常寒冷又成天下著大雨的惡劣天氣中，飢寒交迫，苦不堪言。

項羽十分憤慨的對左右說：「將軍應該盡全力去攻

打秦軍，現在卻久留不前。目前年歲荒歉，百姓貧窮，士兵們每天都只能以芋頭和豆子充飢，軍中又沒有現存的糧食，將軍不領兵渡河，與趙國合力攻打秦國，並且利用趙國那邊的糧食來解決我們大夥兒的吃飯問題，只顧自己成天大吃大喝，還說什麼要趁秦軍疲憊的時候才去打！要知道，秦國這樣強大，去攻打一個新建的趙國，簡直是輕而易舉，等到趙國被滅了，秦國就更強大，哪裡還會有什麼疲憊的機會可趁呢？再說，我們楚軍不久前才吃了敗仗，弄得楚王現在連坐都坐不安穩，我王把國境內所有的軍隊都交付給將軍，整個國家的安危就看這一次了！而此刻將軍既不體恤士兵挨餓受凍，也不在意國家的安危，只徇自己的私利，他不配作爲國家的臣子！」

項羽決心要採取行動。這天清晨，項羽趁著去朝見宋義的機會，在宋義的軍帳中毅然砍掉了宋義的頭，然

後提在手上走出來向大家宣布：「宋義與齊國密謀反楚，楚王密令我項羽殺了他！」

所有的將領都畏懼懾服項羽，沒人敢抗拒，甚至還紛紛歌頌項羽道：「當年第一個創立楚國的人就是將軍的家族，現在將軍誅殺了亂黨，是大好事啊！」

於是，大家一起擁立項羽接替宋義的位置，暫爲上將軍，並一方面派遣人馬去追宋義的兒子，在齊國地界追著了以後立刻殺掉，另一方面又派桓楚把軍中情形通報懷王，懷王遂正式任命項羽做了上將軍，當陽君、蒲將軍都屬項羽管轄。

項羽殺了卿子冠軍，不僅威風震動楚國，名聲還傳到各路諸侯的耳中。大家都在等著看項羽接下來會怎麼做。

項羽立即展開解救巨鹿的壯舉。他先派遣當陽君和蒲將軍領兵兩萬渡過漳水，與秦軍正面交鋒。戰事很快

便取得進展，陳餘請求增兵，項羽便親自帶領全部兵馬渡河，並且在渡過了漳水之後，馬上下令將渡船全部沉下水，還燒毀所有房屋，擊破所有做飯用的鍋子和瓦器，只帶了三天的糧食，以此來宣示：從現在開始，大家都拚著一股勁兒一心向前，和秦軍決一死戰，絕不後退！

這就是留傳至今的「破釜沉舟」的典故，比喻做一件事情之前，不惜斷絕所有後路，來表示志在必得的決心。

鬥志昂揚的楚軍，經過多次激烈戰鬥，果然大敗秦軍，還殺了秦將蘇角，俘虜了秦將王離。秦軍另一名將涉間不肯降楚，自焚而死。

巨鹿之戰是秦王朝走向滅亡的關鍵一役。當時，宣稱前來解救巨鹿的諸侯很多，至少有十幾個軍營，但沒一個敢出兵；當楚軍在攻打秦軍時，各路諸侯也都在一旁觀戰，不敢參戰。這就是所謂的「壁上觀」。但即使如此，楚軍將士仍然十分勇猛，個個都能以一當十，奮勇殺敵的喊殺聲震動天地，令諸侯軍都惶恐不安，驚慌失措。

大敗秦軍之後，楚軍強大的聲勢已足以壓倒諸侯之兵。項羽召喚諸侯來相見，他們都像早已嚇破了膽，在要進入楚軍軍營的大門時，個個都跪下伏行，沒人敢抬頭往上看。

項羽因此作了諸侯的上將軍，諸侯都屬他管轄了。

巨鹿之戰也是年輕的項羽由小而大的重要的轉折點。

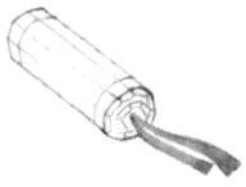

鴻門宴

當初楚王在接到趙國的求援信，和諸將商討，決定兵分兩路，一路以宋義爲上將軍，北上救趙，一路則以劉邦爲將，西進關中，並和諸將約定，誰先入關中，誰就稱王。

項羽在巨鹿之戰獲得重大勝利之後，也立即率軍向關中進發。不料來到函谷關，卻見關門緊閉，還有劉邦的守兵，又聽說劉邦已經攻入咸陽，不由得大怒，便命英布等人攻破函谷關，然後怒氣沖沖的率領四十萬大軍一直推進到戲水以西（今陝西臨潼東北的戲水西岸），不久就在新豐鴻門駐紮下來。

這時，劉邦的十萬兵馬駐紮在霸上。劉邦的左司馬曹無傷悄悄派人去向項羽打小報告，說劉邦想在關中稱王，叫子嬰做宰相，還占有了所有珍貴的寶物。項羽一聽，大發雷霆，立刻下令第二天大宴士卒，準備出兵一舉消滅劉邦的軍隊。

輔佐項羽的謀士范增非常贊成這麼做。范增對項羽說：「當年沛公還在山東的時候，好財好色，現在他既然已先入了關，爲了籠絡人心，居然能夠克制自己的欲望，不拿取財物，也不親近女色，可見他的志向不小啊！再說，我曾派人觀望了他的氣象，發現都呈五彩繽紛的龍形虎狀，這是天子的氣數，我們應該趁現在趕快除掉他，千萬不要錯失了這次的機會！」

對項羽有養育之恩的叔叔項梁，已在秦軍渡河進攻趙國之前兵敗被殺，項羽還有一個叔父項伯，擔任楚國的左尹，現在也在項羽的軍中。項伯得知項羽即將攻打劉邦，想到對自己有恩的張良此時正追隨在劉邦身邊，便星夜奔赴到劉邦的軍營，私下會見張良，叫張良趕緊跟著自己逃走。

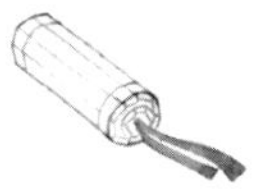

張良說：「我替韓王送沛公入關，現在眼看沛公大難臨頭，我自己偷偷溜走是不義的，至少應該告訴他一聲。」

於是，張良就去向劉邦稟報。劉邦大爲驚駭道：「哎呀！這可怎麼辦？」

張良問：「是誰替你出的這個餿主意，叫你守住函谷關？」

劉邦說，是有個小人勸他這麼做的，因爲這麼一來，各路諸侯進不來，整個秦地就可以全部歸他統治。

張良又問：「你估計你的士兵足以抵擋項王嗎？」

劉邦沉默不語，好一會兒才說：「當然不能，那現在我該怎麼辦啊？」

張良說：「我看就請項伯回去代爲求情吧，就說『沛公不敢對不起項王』。」

劉邦得知項伯此刻就在自己的軍營中，非常意外，趕緊詢問張良怎麼會和項伯有交情，又問張良與項伯相比，哪個年長哪個年少。

張良說：「項伯比我年長。」

「那你趕快替我去請他進來，」劉邦說：「我要以兄長之禮來接待他。」

項伯很快就進來了，劉邦恭恭敬敬奉上一杯酒爲項伯祝福，熱情相約要和項伯結爲兒女親家，然後再三解釋道：「我進兵關中，只登記了官吏和百姓，對財物絲毫都不敢接近，還封存了國庫，天天都等待著將軍的到來，哪裡敢背叛呢！我之所以派遣將領守關，只是爲了防備有盜賊出入以及警防突然發生變故……」

劉邦一邊大喊冤枉，一邊懇請項伯代他向項羽解釋，強調自己絕不敢忘恩負義。

既然都已結成兒女親家，早晚都將是一家人啦，這還有什麼問題！項伯滿口答應了劉邦的請求，但也還是

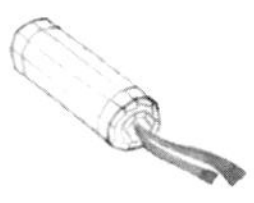

叮嚀劉邦應該盡快親自去向項王謝罪。

項伯回到項羽的軍營，替自己的兒女親家大說好話，果然讓項羽打消了要攻打劉邦的念頭。

第二天，劉邦懷著忐忑不安的心情，硬著頭皮只帶了一百多人馬來鴻門見項王，十分恭謹的拜謝道：「我和將軍合力攻打秦國，將軍在黃河以北作戰，我在黃河以南作戰，但我自己也沒料到居然能先攻入關中，滅了秦國，現在能與將軍再度重逢於此，實在是太好了，遺憾的是，竟然有小人在你面前胡說，使將軍對我有了誤會。」

劉邦比項羽年長二十幾歲，這一年已經五十歲了，爲了能躲過這場滅頂之災，不惜對年輕氣盛的項羽擺盡低姿態，並拚命灌項羽迷湯，弄得項羽對於自己先前暴怒的舉動，似乎都感到有些不好意思起來，竟然老實的解釋道：「還不是你的左司馬曹無傷說的，否則我怎麼會這樣呢？」

爲了表示前嫌盡棄，項羽遂把劉邦留下來，設宴款待。項羽和項伯向東坐，范增向南坐，劉邦向北坐，張良則向西坐。

席間，范增不斷暗示項羽應該趁早採取行動，殺了劉邦；先是用眼神暗示，後來又多次舉起佩帶的玉玦來暗示，但項羽都像完全沒看到似的，默不作聲，毫無反應。

范增急了，站起身來出去叫來項莊。項莊是項羽的堂弟。范增對項莊說：「今天絕不能放過沛公，要不然我們將來都會作他的俘虜！可是君王心腸太軟，遲遲不肯動手，你趕快進去敬酒，並請求舞劍助興，然後乘機把沛公給殺了！」

項莊立刻進去，依范增的吩咐行事。可是項莊一開始舞劍，項伯馬上洞悉了他的意圖，立刻大嚷一聲：

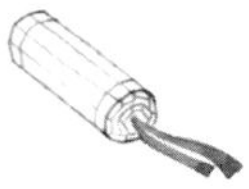

「我也一起來吧！」就在假裝舞劍的同時，項伯一直故意擋在劉邦的前面，使項莊沒有辦法擊殺劉邦。

張良藉故出去，在軍營門口找到樊噲。樊噲是沛縣人，原本是以殺狗爲業，當年劉邦在沛縣起事時，樊噲就跟著他了，還是劉邦的連襟，幾年下來不僅立下赫赫戰功，對劉邦也是非常的忠心耿耿。

樊噲問張良：「裡面的情況怎麼樣？」

張良說：「很危險！現在項莊正在拔劍起舞，明顯是要對沛公不利啊！」

這就是「項莊舞劍，意在沛公」的典故，意思是舞劍只是一個幌子，用意是要針對沛公。

樊噲很著急，「情況如此危急，快讓我進去！」

說罷，樊噲立刻帶著劍拿著盾，強行闖進營門。他一掀開帷幕，便面向西站立著，瞪著眼睛怒視著項羽，瞪得眼眶好像都要裂開了，頭髮也全部向上直立著。

項羽手按寶劍，問道：「這位客人是幹什麼的？」

一聽說是劉邦的近侍警衛，項羽似乎很欣賞樊噲因爲護主心切，而表現出這種大無畏的英雄氣概，便以嘉許的口氣說：「好一位勇士，賞他一杯酒！」

樊噲拜謝後站著就把酒喝乾了。

項羽又下令：「再賞他一隻豬腿！」

樊噲把盾反扣在地上，把豬腿放在盾上，抽出劍將豬腿稍稍切割便大吃大嚼。

項羽看得有趣，又問道：「勇士！還能再喝嗎？」

樊噲說：「我連死都不怕，一杯酒怎麼值得我推辭！……」

緊接著，樊噲竟然直言不諱的數落起項羽，說什麼當初懷王明明曾經與各位將軍相約，誰先打敗秦軍攻入咸陽的人就稱王，如今劉邦雖然先打敗秦軍攻入咸陽，但任何東西都不敢占有，只封閉了宮室，就把軍隊退回

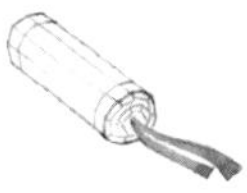

到灞上，等待項羽的到來，之所以派將士守住函谷關，是爲了防止盜賊出入等等，劉邦如此勞苦功高，項羽不僅沒有賞賜，反而還聽信小人之言想要殺他，這是在走亡秦的老路呀！秦朝就是因爲暴虐無道，才會招致天下人的反對啊！……

「我認爲大王實在不應該這麼做！」樊噲理直氣壯的說。

項羽被這麼一搶白，啞口無言，只得叫樊噲坐下。不一會兒，劉邦說要去廁所，就招呼樊噲出去。一到外面，劉邦就說這頓飯不能再吃下去了，太危險了，得趕緊開溜，不過——

「我剛才出來的時候沒有告辭，怎麼辦呢？」劉邦有些猶豫。

樊噲說：「要做大事不必顧忌枝微末節，行大禮用不著小小的謙讓。如今人家是刀和案板，我們是魚和肉……」

樊噲這句話——「人爲刀俎，我爲魚肉」——也被後世引用得很廣，用來形容「任人宰割」的處境。

總之，樊噲的意思是，現在的情勢如此危急，既然都脫離項羽的視線出來了，當然就應該趕快離開這裡，還告辭什麼呀！

劉邦覺得很有道理，便決定要立即離開。他派人悄悄把張良叫出來，命令他留下來善後。張良問有沒有準備什麼禮物，劉邦說，他帶來了一對白璧，想獻給項羽，一對玉斗，想獻給范增，但是剛才氣氛不對，他不敢獻，叫張良待會兒代爲獻上。

鴻門和灞上相隔四十里。劉邦決定不走大路，而要從驪山腳下，經過芷陽抄小路趕回去，這樣大概頂多只有二十里。劉邦吩咐張良：「你估計我已經回到咱們軍營中了，再進去跟他們說。」

劉邦緊接著又吩咐樊噲、夏侯嬰、靳強和紀信等四名大將，拿著武器在自己身後徒步而行，然後就急急忙忙一個人跳上馬，策馬狂奔！這樣的安排顯然是爲了防範萬一來了追兵，還有四名大將可以抵擋，充分保障自己能夠安全逃脫。

稍後，張良進去，說劉邦已經醉了，不能親自辭謝，因此派他奉上獻禮。項羽居然還很天真的問：「沛公呢？現在人在哪裡？」

張良說：「聽說大王有心責備他，就脫身獨自離去，現在已回到軍中了。」

項羽便收下白璧，將它們放在座位上，一向被項羽尊爲「亞父」（意思是地位僅次於生父）的范增，接過玉斗之後，卻將那對玉斗放在地上，氣呼呼的拔出劍來把它們重重擊破！並搖頭嘆息道：「唉！這小子簡直不能跟他共謀大事！奪取項王天下的人，一定就是沛公！」

劉邦回到軍中之後，立刻就把那個倒楣的曹無傷給處死了。

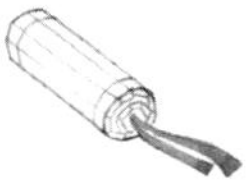

垓下悲歌

從西元前二〇九年，陳勝、吳廣首先揭竿而起，拉開反秦的序幕，到秦朝的滅亡，只不過三年的時間，但接下來西楚霸王項羽和漢王劉邦之間的楚漢相爭，倒是爲時四年。

一開始項羽是有著絕對優勢，但自從在鴻門宴上，放虎歸山之後，情勢就不斷演變，魯莽、急躁、無法採納別人正確意見的項羽，就漸漸不再是老謀深算的劉邦對手了。

西元前二〇三年，雙方曾經在辯士侯公的說合下，約定以鴻溝爲界，西邊屬漢，東邊歸楚。象棋棋盤上的「楚河漢界」就是來源於此。鴻溝協議之後，項羽送還了一直扣押在手邊的劉邦的父親和妻子（也就是呂后），率兵東去。不料劉邦卻立刻撕毀協議，繼續向楚軍發動猛烈追擊。後來，雙方在垓下會戰，漢軍（劉邦的兵加上各路諸侯的兵）三十萬人將楚軍重重包圍，這時，無論是在謀臣、良將和兵力等各方面占據絕對優勢的早已是劉邦了。

夜裡，項羽聽到四面的漢軍都唱著楚歌，大驚失色道：「難道漢軍已經得到全部的楚地了嗎？爲什麼會有這麼多的楚人啊！」

這就是「四面楚歌」的典故。

項羽深感自己已是窮途末路，再也睡不著，便起床喝起悶酒，喝著喝著又起身慷慨悲歌：「力拔山兮氣蓋世，時不利兮騅（ㄓㄨㄟ）不逝，騅不逝兮可奈何，虞兮虞兮奈若何！」

「騅」是項羽的寶馬，「虞」則是項羽寵愛的虞姬。

項羽將這首悲歌一連唱了好幾遍，充分流露出最後時刻對美人和寶馬的牽掛，虞姬一直應和著歌舞。項羽

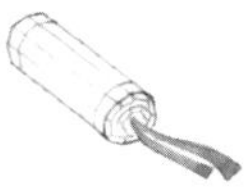

愈唱愈感傷，眼淚不斷流下來。他身邊的侍衛也都哭了，傷心得都抬不起頭。

爲了便於項羽脫困，虞姬自殺了。於是，項羽走出軍營騎上馬，率領著八百餘人突破重圍，向南奔走。到了天明，漢軍才發覺項王已經突圍，趕緊派出大軍追趕。項羽渡過淮河，能跟從他的騎兵只剩下一百多人。到了陰陵，迷失道路，又被一個農夫所騙，全部陷入大澤之中，終於被漢軍追上。項羽帶著人馬往東走，到了東城，這個時候只剩下二十八個騎兵，而追趕他們的騎兵卻有數千人。項羽自知不能逃脫了，便對身邊的騎兵們說：「我從起兵到今天，已經八年了，親身經歷了七十多次戰役，在這麼多次的戰役中，所有阻擋我的人必定都被打敗，所有被我打擊的人都必降服，我從來沒有失敗過，所以能夠獨霸天下，可是今天卻被圍困在這裡！這是天要亡我，並不是我的罪過，不是我不會打仗

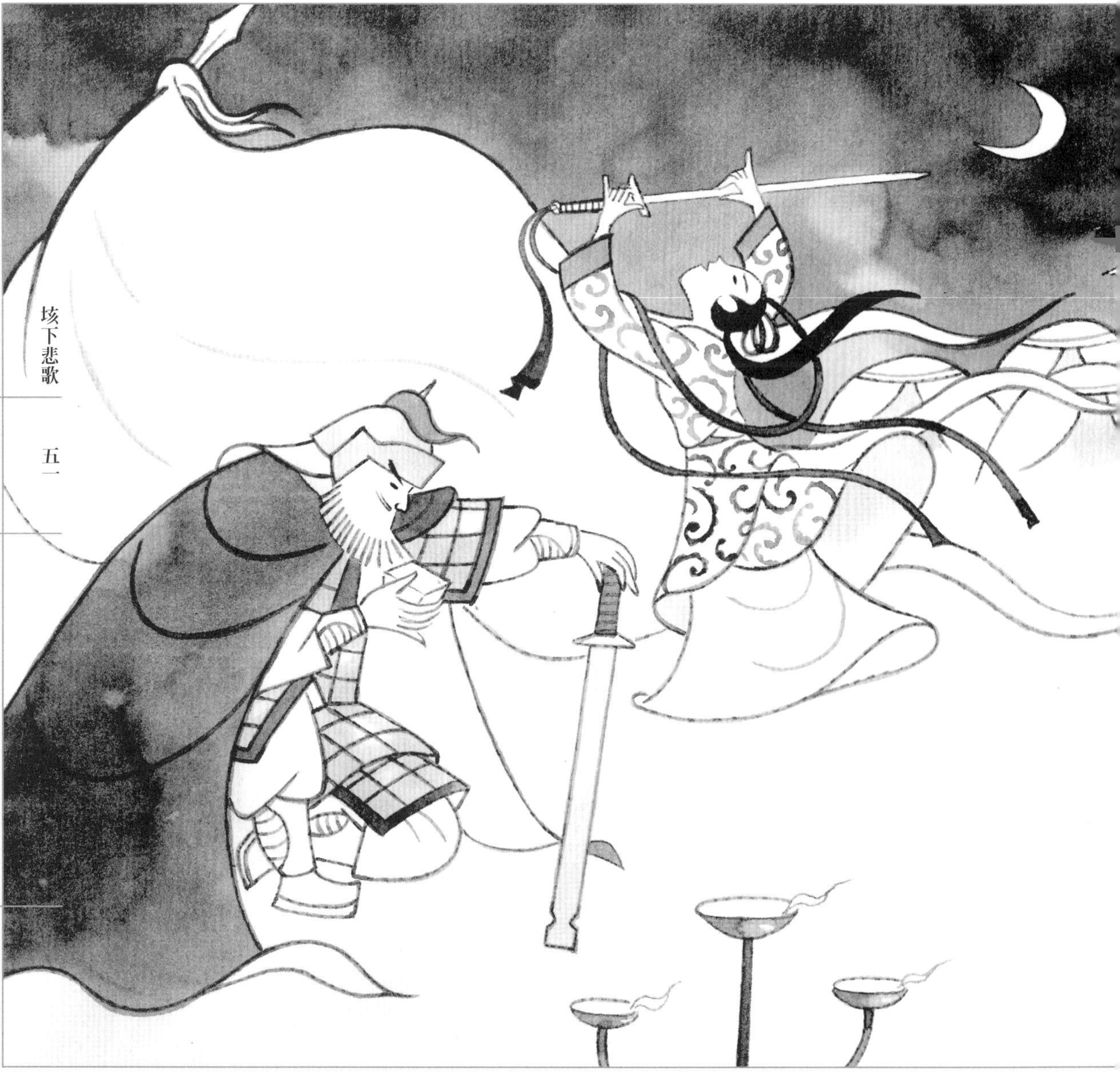

啊！今天我決意死戰，願意與諸君一同快戰，咱們再痛痛快快的殺他一回！我要讓諸位知道今天是老天爺要亡我，並不是我作戰不力的罪過！」

說完，項羽就率領著騎兵分成四個方向，大聲吼叫著從山上衝下去，力戰幾個回合，殺了漢軍將士近百人，而項羽重新召集騎兵，發現只不過損失了兩個騎兵。

項羽便對剩下的二十六個騎兵說：「怎麼樣？」

騎兵們都異口同聲道：「果然就像大王說的那樣啊！」

項羽來到烏江，烏江的對面就是江東，也就是他的家鄉。烏江亭長早已把船靠在岸邊，等著要接項羽過江，並對項羽說：「江東雖然很小，土地也有千里之闊，人口也有幾十萬，你還是可以立足爲王，大王趕快跟著我過江吧！」

亭長還特別強調，現在整條烏江之上惟獨他有船，就算是漢軍一會兒追上來了，也無法渡江。

本來還有一絲渡江念頭的項羽，聽亭長這麼一說，反而不想渡江了。他淒然一笑道：「如今天要亡我，我渡江又有什麼用啊！想當年我與江東子弟八千人一起渡江向西征戰，現在卻無一人生還，就算江東父老可憐我而讓我作王，我又有什麼顏面去見他們呢？即使他們不說什麼，我又怎麼能夠問心無愧呢？」

這就是所謂的「無顏見江東父老」。

項羽心意已決，又對亭長說：「我知道你是長輩，我騎這匹馬已有五年，所向無敵，經常日行千里，我不忍心殺牠，就把牠送給你吧！」

接著，項羽命令騎兵全部下馬步行，都拿著短武器去交戰。在極爲慘烈的廝殺中，項羽獨自一人就殺了漢軍數百人，身上也受傷十多處。他回頭一望，忽然認出

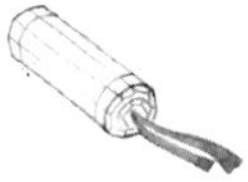

有一個漢軍是自己的故友、且曾經對自己有過恩惠的呂馬童。

「你不是我的老朋友嗎？」項羽對呂馬童說：「我聽說漢王爲了買我的人頭，願意出一千金，賞一萬戶，我乾脆就送個人情給你吧！」

於是，項羽自殺而死。漢軍立刻蜂擁上來要爭奪項王的屍體回去領賞，因此而自相殘殺的就有幾十人，最後呂馬童等五個人各搶奪到項羽屍體的一部分，也果眞都受到重賞。

項羽就這樣悲壯的死了。死的時候才三十二歲。

劉邦的故事

澤中斬蛇

西元前二五六年，劉邦生於沛郡豐邑（今江蘇豐縣），是中國歷史上第一個平民皇帝。

劉邦也看過秦始皇出行時那種威風凜凜、氣派非凡的場面，曾忍不住讚嘆道：「唉，大丈夫就應該像這個樣子啊！」

秦朝末年，身爲一個小小泗水亭長的劉邦，曾經替縣衙押送一批囚犯去酈山。一路上，很多囚犯都逃走了，劉邦暗暗盤算，照這個樣子下去，恐怕抵達酈山的

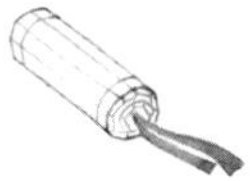

時候，囚犯早就統統跑光了，屆時自己也將難逃一死，既然如此，還不如早一點做些打算，好歹也可做個順水人情。

於是，到了豐西澤中，劉邦不想再往前走，就停下來喝酒。夜裡，醉醺醺的劉邦把剩下來的囚犯全部鬆綁，對他們說：「你們都跑吧，我也要跑了。」可是有十幾個囚犯不想跑，只想追隨劉邦。

一行人便趁著黑夜從澤中小路逃亡。由於大家對這一帶的地勢都不熟，天色又暗，便派一個人先行探路。不久，探路的人匆匆回來，驚恐萬分的嚷嚷著：「這條路不能走，有一條大蛇擋在前面哪！」這時，醉意甚濃的劉邦大聲說：「壯士行走，怕什麼！」說罷，就帶頭大步向前走，其他人都在後頭跟著。走了一小段，果然看見一條大白蛇擋在路的中央，眾人都很害怕，惟獨醉茫茫的劉邦立刻拔出劍來，一刀就把大白蛇給斬了。一

行人繼續走了幾里路，由於劉邦實在是醉得不行，倒在路邊呼呼大睡，眾人只好也都停下來，在旁守候。

過了一會兒，有一個人從後頭走了過來，臉上帶著驚異迷惑的神色。這人向眾人打聽，知不知道是誰把那條大白蛇斬成兩段。

「知道，」眾人指指酒氣沖天，正大聲打著呼嚕的劉邦說：「就是他。」

那人望著劉邦，嘴裡不停的說：「奇怪，好奇怪啊！」

眾人十分好奇，便紛紛詢問究竟是怎麼回事。這人說，方才他經過斬蛇的地方，看到有一個老婦人正撫著大白蛇的屍體痛哭，問她哭什麼，老婦人說，她的兒子是白帝子，化作白蛇橫在路上，如今卻被赤帝子殺死了，所以她才傷心哭泣。這人覺得老婦人胡言亂語，正想喝斥她，沒想到她卻忽然不見了。

大家正說著，劉邦剛好醒了過來，大家便七嘴八舌的把這番奇聞告訴他，劉邦聽了心裡暗自高興，甚至感到很自負，而他身邊的人也都對他大表敬畏。

奇事還不止這一樁。劉邦想到曾經聽過一種說法，據說秦始皇說過「東南方向有天子氣象」，而秦始皇之所以東遊便是想鎮壓住那股天子之氣。現在，劉邦懷疑自己正是有天子之氣，便趕緊逃亡，隱藏在芒碭兩山之中。不久，妻子和一些人居然找來了，劉邦覺得很奇怪，便問妻子：「妳是怎麼找到我的？」妻子說：「因爲你所在位置的上空，經常有雲氣，我朝著雲氣的方向找過來就找到你了。」

劉邦聽了，心裡更加高興。而老家沛縣的子弟只要聽到過這些奇事的，也都很想來投奔他。

秦二世元年九月，四十八歲的劉邦被沛縣父老擁立爲「沛公」，在沛縣縣令的衙門中設壇祭祀，宣布自己是

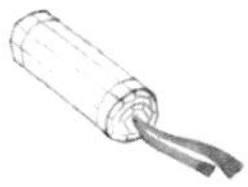

赤帝之子，正式起兵反秦。沛縣主吏蕭何、曹參和老友樊噲等人隨即分頭招兵買馬，隊伍很快就發展到兩、三千人。

約法三章

漢元年十月，沛公的兵比各路諸侯軍都先到灞上。秦王子嬰被迫捧著皇帝的玉璽向劉邦投降，秦王朝就此滅亡。

這時諸將中有人建議劉邦把秦王子嬰殺掉，劉邦拒絕了。他說：「當初懷王派遣我，就是因爲我待人寬厚大度，再說既然現在別人都已經歸降了，我如果還殺了他，這是不吉祥的。」於是，劉邦把秦王子嬰交給有關官吏之後，便帶兵向西進入咸陽。

劉邦被秦宮殿中大量的美女以及數不盡的金銀財寶弄得眼花撩亂，差一點就分不清東南西北。這也難怪，劉邦儘管爲人寬厚，性格粗獷豁達，卻也是一個酒色之徒，甚至還可以稱得上是市井無賴，當下就以「關中王」自居，準備就住在宮中，好好享受一番。可是張良和樊

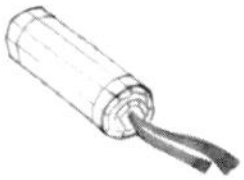

噲都認爲此舉不妥，力勸劉邦爲了大業，眼前還是應該忍耐一下，不能急著享受。樊噲更是直言不諱的質疑劉邦，到底是要打天下還是要當富翁？

劉邦清醒過來，接受了他們的建議，馬上封閉了秦國所有貴重的珠寶財物和府庫，把軍隊帶回灞上駐紮，並且把當地的父老豪傑統統召集起來，對大家說：「父老鄉親，你們被秦國的苛法折磨得太久了！……」

劉邦一開頭，就說到大家的心坎裡去。秦國的嚴刑峻法確實相當駭人，比方說，如果有人說了詆毀的話，就要滅族，兩人在私下議論，一經查出就是死罪……

劉邦說：「我與諸侯們有約定，誰先進關中，誰就先稱王，所以我應當是關中王。現在，我以關中王的身分和父老們訂三條法規：殺人的判死罪；傷人的和盜竊的抵罪，也要受到適當的懲罰；其餘的秦國法規全部免去！……」

這就是在歷史上非常有名的「約法三章」。

劉邦又說：「各位父老鄉親的生活都像以前一樣，所有官吏的位階也維持現狀，總之，我到這裡來是爲你們除害，並不是要侵犯你們，施暴於你們，你們不要驚恐害怕，而且我之所以把士兵們帶回灞上，是爲了等待諸侯們到來再一起定約管理。」

宣示完畢，劉邦就派人與秦的官吏一起去各地告諭老百姓。秦國人都非常高興，紛紛自動自發的帶著牛羊酒食來到灞上，要獻給軍士們，但劉邦也謙讓著不肯接受，並且說：「我倉庫裡的糧食還很充足，我不想耗費你們的東西，謝謝你們的好意，你們還是都帶回去吧！」秦人聽了，更加高興，都非常讚美劉邦，簡直是惟恐劉邦不肯做秦國的王。

劉邦這些舉措，無疑都深得民心。在這個時期，只有一件事，他做得有些魯莽，有欠考慮。

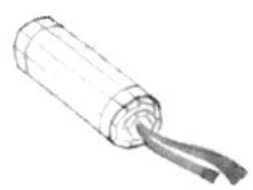

有人建議劉邦道：「秦國比天下富裕十倍，地形條件很好，如今聽說章邯歸降了項羽，項羽封他爲雍王，並且叫他作關中的王，現在很快就要來了，你沛公恐怕是得不到此地了！不如趕緊派兵守住函谷關，不讓諸侯兵進關，再趕快徵募一些關中的兵，用來增加自己的實力，就可抗拒他們。」

劉邦照辦了，結果惹惱了項羽，差一點就爲自己帶來了滅頂之災！

在鴻門宴之後，項羽以最高統帥的身分，立諸將爲王和侯。劉邦被封爲漢王，封地則是貧瘠的南鄭。這時，項羽只給了劉邦三萬士兵，再加上自願追隨的幾萬人，加起來還不到十萬人。

接著，項羽便向西去，打算衣錦還鄉。項羽不僅在之前的反秦戰爭中動輒就坑殺一、二十萬秦軍降卒，現在榮歸故里之前，更將咸陽的秦朝宮室燒殺得一片狼藉，可以說項羽所經過的地方，沒有不殘破的。秦國的百姓都對項羽大失所望，但是，人人又都很怕他，表面上都不敢不服從他。

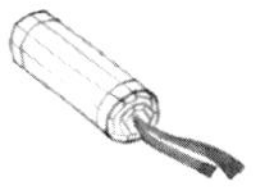

大風歌

楚漢相爭四年，最後以劉邦的勝利而告終。西元前二〇二年正月，已經五十四歲的劉邦，在各諸侯王的擁戴下，登上皇帝的寶座，成爲漢王朝的開國君主，後人稱漢高祖。

但是，新興的漢王朝並不平靜，劉邦爲了鞏固自己的帝位，蓄意消滅異姓王，因此又引發一系列的戰亂。

西元前一九五年十月，劉邦平定淮南王黥布之亂後，還軍咸陽，路過當年起兵的沛縣，便停留下來，在沛宮設置酒宴，把當地的父老鄉親、青年晚輩以及自己從前的老朋友都找來喝酒，還找了沛地的孩童一百二十人，然後劉邦親自擊筑，教孩子們唱起自己所做的歌。

這首歌的歌詞是：

大風起兮雲飛揚，

威加海內兮歸故鄉，
安得猛士兮守四方！
意思是：「大風吹起啊，白雲飛揚；威震海內啊，我回到了故鄉；哪裡能得到勇猛之士啊，爲我堅守四方！」

在孩子們的歌聲中，劉邦隨之起舞，情緒非常的慷慨激昂又頗有些傷感，於是情不自禁的流下了幾行熱淚。

多年征戰，再加上建立王朝之初，國事如麻，劉邦實在也已是心力交瘁了。

劉邦對沛縣的父老鄉親說：「我這個遊子啊，常常都很傷心的思念故鄉。我雖然建都關中，但百年之後，魂魄還是要回到沛地，況且當年我以沛公起事造反，誅殺大逆不道的暴政而擁有了天下……現在，我宣布免除沛縣的租稅，讓你們世世代代都不用再納稅了！」

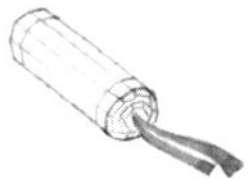

沛縣的老百姓一聽，都樂壞了，一個個都歡欣鼓舞，開心到了極點。

劉邦在沛縣停留了十幾天才離去。在這十幾天中，沛縣的百姓天天都快快樂樂的喝酒，大家嘻嘻哈哈的比過年還要熱鬧。老一輩的還述說一些劉邦從前的小故事來逗樂，那些青年晚輩無不聽得津津有味。

然而，返回咸陽不久，就在這一年的年底，劉邦就病逝了，享年六十一歲。

韓信的故事

潦倒不堪的歲月

韓信生平不詳，後世只知道他是淮陰（今江蘇清江西南）人。

他早年的生活非常潦倒。他胸懷大志，可是因出身貧寒，在當時的社會環境下，根本做不了官，找不到施展抱負的舞台；他又不肯從事勞動，也不甘心做些小買賣，這麼一來，簡直是無法謀生，只得到處混飯吃，鄉里的人都非常討厭他，看他不順眼。

想混飯吃也不是那麼容易，有時韓信只好在城下釣

魚。若運氣不佳，釣不到魚，便只好挨餓。那個時候，韓信餓著肚子釣魚是常有的事。

在他經常釣魚的地方，有很多「漂母」也常常在那裡工作。所謂「漂母」，就是那些清洗絲棉絮或舊衣布的老婆婆。有一天，一個好心的漂母，見韓信已經餓了好幾天了，挺同情他，便把自己帶來的飯給他吃。韓信非常感激，當下便對這個好心的漂母鄭重許諾道：「將來等我發達了，一定會好好的報答您！」

這個漂母聽了，頗不以爲然。一來是因爲自己只是純粹的做好事，根本沒想到日後要有什麼報答；二來是她覺得韓信這傢伙未免也太可笑了，瞧他現在都窮困潦倒到什麼地步，居然還敢說這種大話！

不過，韓信對於自己這番承諾倒是一直謹記在心，而且日後當他果真發達之後，眞的派人找到這個漂母，送給她黃金一千兩！

這就是所謂「一飯千金」的典故。

又有一天，韓信又在街上晃來晃去，被一個年輕的屠夫攔住去路，並當眾奚落。屠夫說，韓信雖然長得人高馬大，又老喜歡隨身帶著刀劍，好像挺勇猛的樣子，其實啊都是裝模作樣，他敢打賭韓信一定是一個膽小鬼！

此話一出，周圍的人都哄笑不已。

韓信不語，那年輕的屠夫挑高了眉目，氣焰更加囂張的對韓信說：「怎麼？不服氣嗎？這樣吧，如果你勇敢，真不怕死，就拿劍來刺我，否則——你就從我的胯下爬過去！」

說完，便兩手叉腰，兩腿大大的分開，輕蔑的看著韓信。

圍觀看熱鬧的人愈來愈多，還紛紛鼓譟，有的說「殺呀！」，有的說「爬呀！」而韓信呢？他盯著那挑釁者良久，心裡無非是在掙扎著，這口惡氣到底要不要忍下去？如果不忍，一刀把那傢伙給宰了，固然一時可以泄憤，可是自己也要抵罪，那麼所有的抱負也就完全沒有實現的可能了，如果忍下來的話——這種胯下之辱，怎麼能忍呢！

然而，在權衡了兩種選擇所將造成的後果之後，韓信還是彎下身子，默默的從那屠夫的胯下爬了過去！這使得他招致所有人的輕視和嘲笑，人人見了他就笑他是膽小鬼！

沒想到日後這膽小鬼竟然做了大將軍！當韓信回到家鄉之後，也找到了當年侮辱他的那個屠夫，不用說，那個屠夫一定早已經嚇得臉色慘白，屁滾尿流。不過，出乎眾人意料之外的是，韓信並沒有採取任何報復行動，反而提拔那個傢伙做了一個小官。

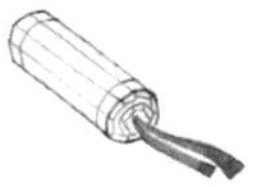

蕭何月下追韓信

秦朝末年，天下大亂，群雄並起，當項梁率軍渡過淮河時，韓信帶劍參了軍，但只是一個極爲普通的士兵，並未引起注意。後來，項梁兵敗，韓信成爲項羽的部下，項羽任命他爲郎中。韓信曾多次向項羽獻計，但都沒有被採納，漸漸的韓信意識到項羽的性格太過獨斷，很難接受別人的意見，也沒有辦法分辨別人的意見是否高明，只一味迷信自己力能扛鼎的威武，照這個情勢看來，既然項羽不會用人，他待得再久也一定混不出什麼名堂，於是就在劉邦率軍進入蜀漢時，韓信投奔到了劉邦的旗下，不過由於只不過是一個無名小卒，初到漢軍也只能做一個接待賓客的小官。

韓信終於能引起一點點的重視是源於一件禍事。有一次，韓信犯了砍頭之罪，當同夥的十三個人都已遭到斬首，依次馬上就要輪到韓信了，韓信抬頭向上一望，正好一眼看到劉邦的親信滕公夏侯嬰在座，立刻放聲大喊道：「漢王不是想得到天下嗎？爲什麼要殺壯士！」

滕公聽到這石破天驚的一喊，微微一震，暗自稱奇，再把韓信打量一番，覺得他相貌堂堂，氣質不凡，便放了他不殺。緊接著，滕公把韓信找來談了一次話，對韓信相當欣賞，就在漢王劉邦的面前作了引薦。劉邦便封韓信做管理糧餉的軍官，這其實可以說是衝著滕公的面子，因爲劉邦並不覺得韓信有什麼奇特之處。

後來，韓信有了與丞相蕭何交談的機會，且不止一次。蕭何也覺得韓信是一個奇人，更是一個不可多得的武將人才。

秦朝滅亡之後，劉邦被項羽封在南鄭，那兒十分的貧瘠落後，士兵們又普遍都水土不服，因此很多人都逃跑了。韓信猜想蕭何等人應該已不止一次對劉邦提過自

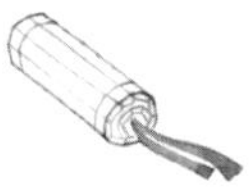

己了，可遲遲還是沒有下文，看來劉邦也不會重用他，索性他也跑吧！

蕭何聽說韓信逃跑了，非常著急，來不及去向劉邦報告，就立刻跳上馬親自去追。於是，這就造成一個誤會，士兵慌慌張張的跑去向劉邦報告：「丞相蕭何逃跑了！」

「什麼？」劉邦聽到這個消息，既吃驚又憤怒；蕭何就像是他的左膀右臂，蕭何跑了，那就慘了，他該怎麼辦啊！

沒想到，過了一、兩天，蕭何又回來了，泰然自若的來謁見劉邦。劉邦本來就是一個粗人，見到蕭何回來了，又氣又高興，竟破口大罵，質問蕭何爲什麼要跑？

蕭何說：「我不敢逃跑，我是去追逃跑的人。」

劉邦當然接著又問是去追什麼人？逃跑的人那麼多，跑就跑了，誰值得蕭何居然要親自去追回來？

得知蕭何居然是去追韓信，劉邦起初不信，因爲他實在看不出韓信有那麼稀罕，可是蕭何再三強調韓信確實是一個舉世無雙的國士。

蕭何並且故意對劉邦說：「如果你只想在這裡長久的做一個漢中王，那就沒有什麼事用得著韓信了。」

劉邦說：「我當然也想東去，誰願意長久悶在這個鬼地方呀！」

「如果你是想爭天下，那就非要韓信不可了！只有他能與你商議大事。」蕭何建議劉邦立即任用韓信，否則這一次韓信雖然被自己追了回來，恐怕終究還是要逃跑。

劉邦說：「好吧，既然你這麼看重這小子，看在你的面子上，就封他作將官罷。」

不料，蕭何又說：「將官還不夠，我看他還是要跑。」

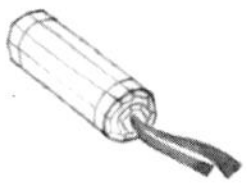

「那就封他作大將好了，你把他叫進來吧！」

「這可不行，」蕭何說：「大王你素來傲慢又不講禮節，就像今天拜大將是何等大事，你卻好像要把一個小孩子叫進來一樣，太不尊重人了！老實說，這也是韓信要逃走的原因。」

「這麼麻煩？那到底要怎麼樣啊！」

「你應該要先選一個好日子，然後之前要先齋戒沐浴，設置好拜將的場地，準備好所有拜將的禮節，這樣才能顯示隆重，也才能顯示你的誠意啊。」

劉邦接受了蕭何的建議，乖乖的按照蕭何的要求去做。當「漢王要拜大將」的消息一傳出，眾將官都喜形於色，人人都以爲自己即將被拜爲大將，等到後來知道漢王屬意的人選竟然是名不見經傳的韓信，全軍都感到驚訝不已。

不久，西元前二〇六年五月，劉邦命丞相蕭何留守巴蜀，自己和韓信率軍向東進發，很快就占領了整個關中，楚漢戰爭也隨之爆發。

蒯通的遊說

三年之後，韓信平定了整個齊國，這對於楚漢戰爭的格局具有關鍵性的影響。

韓信寫了一封信給劉邦，要求劉邦給自己封一個假齊王，意思就是代理齊王，說要以此進一步鞏固齊國的情勢。當時劉邦正被項羽圍困在滎陽，情況非常危急，一看韓信的信，三字經立刻脫口而出，火冒三丈的大罵道：「我被圍困在這裡已經好長一段時間了，日夜都在巴望著你能火速帶兵來救援，沒想到你現在卻只想著要自立爲王……」

還沒罵完，在場的兩個謀士——張良和陳平都急忙暗中踢了劉邦一下。

劉邦向來腦筋轉得很快，接到這個暗示，馬上就能意會：是啊，以目前的情勢來看，要仰仗韓信的地方多了，千萬不能阻止韓信爲王，不如乘機冊封他作齊王，好好籠絡他，讓他好好守住齊地不生二心，否則，若韓信反叛，自己可就完了！

於是，劉邦話鋒一轉，又假意繼續罵道：「大丈夫既然平定了諸侯，要作王就作眞王，幹麼還要做什麼假王！」

劉邦遂當場就命張良趕快持詔書前往齊國，立韓信爲齊王。

很快的，項羽看出韓信對於當今情勢有著舉足輕重的分量，便派了使者去悄悄策反韓信，但被韓信明確的拒絕了。韓信還對使者翻起了舊帳：「我當初追隨項王的時候，官不過郎中，而且不管我說什麼，項王都是言不聽、計不從，所以我才會棄楚歸漢。如今漢王授予我大將軍，給我大軍，且對我言聽計從，漢王對我如此親近且信賴，我怎麼能背叛他呢？」

不久，又有一個齊人蒯（ㄎㄨㄞˇ）通來求見韓信。他也想向韓信分析天下形勢，說服項羽作出重要的選擇，不過他是以「相人之術」這個話題來作開頭。

蒯通說：「一個人的成功或失敗表現在他是否決斷果敢，一個人的憂愁或喜悅表現在他的面容，而一個人的富貴或貧賤則是表現在他的骨骼長相。我曾經學過相人之術，發現用這些相術來看一個人是很靈的。」

韓信聽了，挺有興趣，便叫蒯通替自己看一看。蒯通要求屏退左右，單獨與韓信對話。

周圍的人都紛紛退下之後，蒯通便大膽的對韓信說：「相你的面部，看來只不過是封侯罷了，而且還會處於危險不安的境地；但如果相你的背部，那就富貴得簡直沒有辦法用語言來表達了。」

所謂要相背部，明顯的是要韓信背叛漢的意思。韓信也聽出來了，便問：「這話怎麼說？」

蒯通說，當初天下的英雄豪傑們風起雲湧的聚集在一起，目標只有一個，就是希望把秦滅掉，然而秦朝被滅之後，這三年來由於楚漢相爭，天下依然動蕩不安，百姓們也都極其疲憊而怨聲載道……

「我預料，在這種形勢下，不是賢聖之人絕不能平息這場禍亂。如今，項、劉兩主的命運都懸在你的手中。你助漢，漢就勝；你助楚，楚就勝。」蒯通說：「我願意掏心掏肺，與你肝膽相照，爲你獻上一條良策，只怕你不肯採納，那就是——不如兩者都利用，兩邊都不幫！如果你自立爲王，參與三分天下，形成鼎足之勢，這樣誰也不敢先行動。到時候，憑著你的賢德聖明之才，以及眾多的兵馬，又占據著強大的齊地，大可率領著燕、趙，出兵控制楚、漢雙方兵力薄弱空虛的地方，鉗制他們的後方，再順從民意，西向爲百姓請命，制止楚漢之

爭，那麼天下人一定都會以最快的速度來響應你，誰敢不聽從！最後就會是天下所有的君王相邀而競相來朝拜你齊國了！」

蒯通還說：「我曾經聽人說過這樣一句話，『上天給予而你不拿取，反而要遭受罪過；時機到了而你不行動，反而要遭殃。』請你好好考慮吧！」

韓信說：「可是漢王待我太好了，他的車給我乘，他的衣服給我穿，他的食物給我吃，我怎麼忍心背叛他？怎麼能顧利而背義呢？」

蒯通繼續遊說道：「你自認爲與漢王友善，要建立萬世偉業，我認爲你這種想法實在是大錯特錯！」

遠的不說，蒯通舉了一個就發生在楚漢戰爭時期眞實的例子。有兩個人——常山王張耳和成安君陳餘，當他們還是普通老百姓的時候，是好得不得了的朋友，後來常山王背楚降漢，卻殺死了成安君……

蒯通說：「這是爲什麼呢？世間的禍患往往就產生於人有許多欲望，人心是很難捉摸透徹的。現在，你打算拿忠心、誠信與漢王相交，可是你認爲一旦發生嚴重利益衝突的時候，你們之間的交情會比常山王和成安君之間更深厚、更牢靠嗎？你認定漢王不會危害你，是非常錯誤的。」

他隨即又舉了一個稍微遠一點的例子。「從前，越國大夫文種和范蠡盡心盡力的拯救瀕臨滅亡的越國，使越王勾踐成功霸業，可是他們倆後來也都沒有好下場啊！文種被賜死，范蠡逃隱，這又是爲什麼？當野獸都已經捕殺完了，獵狗本來就是要遭到烹殺的。我聽說，勇氣膽略震撼主子的人身受危險，而功績到了頂點的人反而沒賞可領；現在，你的勢力處在做臣子的位置上，然而卻具有震主的威勇，名望傳遍天下，我私下認爲你這樣是很危險的……」

韓信不想再聽下去，就說：「先生，你先打住吧！這件事讓我考慮一下。」

過了幾天，蒯通不死心，又來苦口婆心的勸說韓信道：「聰明的人做事決斷果敢，遲疑不決是一大禍害，有道是『良馬的徘徊不前，還不如劣馬的穩定前進』，更何況功勞很難得到，失敗卻很容易，時機很難得到，要失去它也很容易，時機啊時機，一旦錯失就不會再來的呀！但願你能仔細的想一想啊！」

然而韓信還是猶豫不決。他既不忍心背叛劉邦，又自認功勞很大，劉邦一定不會對他怎麼樣，最後終究沒有採納蒯通勸他自立爲王的計策。

可惜，韓信眞的錯了。由於他爲漢王朝立下了赫赫戰功，使他成爲漢初最大的異姓王，然而後來在劉邦爲了鞏固劉氏王朝，而一心要消滅異姓王的意志下，韓信的下場自然非常悲慘。

西元前一九六年，也就是在漢王朝建立之後的六年後，呂后命蕭何用計把韓信騙進宮中，殺了韓信。韓信在即將被斬之際，感慨萬分的說：「我眞後悔當年沒聽蒯通的計謀，今天竟被小孩兒女人所騙，這難道不是天意嗎？」

結果，呂后不但殺了韓信，還滅了他三族。

人世間的事有時就是這麼諷刺，當初靠著蕭何的力薦，韓信才得以當上大將軍，可沒想到後來韓信竟也是被蕭何所騙才丟了性命。所以後世有一句俗語，「成也蕭何，敗也蕭何」，意思就是說一件事情的成功和失敗，關鍵都是同一個人。

日後，在韓侯祠還有這樣一副對聯：「生死一知己，存亡兩婦人」，「知己」指的是蕭何，「兩婦人」指的一是曾經救濟過韓信的漂母，以及後來殺了他的呂后。這副對聯絕妙的概括了韓信的一生，令人看了不由得心生感慨。

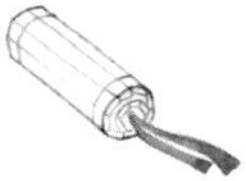

張良的故事

張良本來姓姬，字子房，原來是韓國的公子，他的祖父和父親都曾作過韓國的相國，而且還是歷任五朝的相國。

張良長得挺秀氣，甚至還有些女性化，可卻是一個有勇有謀的熱血男兒。當韓國於西元前二三〇年被秦國所滅的時候（韓國是六國中第一個被秦國滅亡的國家），張良還非常年輕，家底也還頗爲殷實，光是家奴就還有三百人，若是想在亂世中苟且偷生，只顧維持自己還算小康的生活，可以說是完全辦得到的，但是他爲了要報國仇，寧可花費所有財產去到處尋訪刺殺秦王的刺客，以至於後來連爲自己的親弟弟辦喪事都不得不非常簡樸。

後來，張良去淮陽學禮制，順便向東去見夷狄的長者倉海君。他還尋訪到一位大力士，這位大力士能舉重達一百二十斤的鐵錘。要打造這把一百二十斤重的鐵錘可不是一件簡單的事，花了很大的工夫。因爲，自從西元前二二一年秦始皇陸續滅了六國，完成統一大業，建立秦朝之後，爲了鞏固王朝的統治，秦始皇採取了一系列的措施，譬如遷富豪、毀城防、訂秦律、築馳道、車同軌、書同文等等，其中還有一項就是毀兵器。秦始皇下令將天下所有的兵器全部收繳，熔鑄成十二個銅柱，這麼一來，金屬奇缺，價格自然也就極高。

西元前二一八年的春天，趁著秦始皇東遊，張良和那個大力士埋伏在博浪沙（今河南原陽縣東南邊），襲擊秦始皇，哪知竟誤擊了秦始皇的副車，策畫多時的刺殺計畫宣告失敗。

事發之後，秦始皇大怒，派人在全國各地進行搜

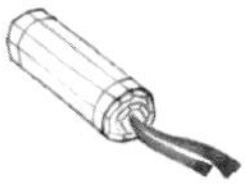

捕，巴不得立刻就能捉拿到凶手。張良只得趕緊逃亡，並改名換姓逃到下邳（ㄆㄟˊ）（今江蘇睢寧北）這個地方躲起來。

躲藏在下邳這段期間，張良的心情既鬱悶又無聊，便常常到下邳橋上去散步。

有一天，張良又來到下邳橋，橋上有一位穿著粗布衣服的老人，待張良一走近，就故意將鞋子踢落到橋下，並且回頭吩咐張良：「喂！小子！到橋下去替我把鞋子撿起來！」

張良感到非常驚愕，覺得這個老人家簡直是莫名其妙，第一個直接反應是很想揍他一頓，但旋即又顧念對方畢竟是一個老人，想想算了吧，就讓讓他好了，於是便強忍住怒氣，眞的乖乖到橋下去把老人的鞋子給撿回來。

沒想到這還沒完，老人居然大模大樣的又對張良

說：「替我把鞋子穿上！」

張良當然很不高興，覺得這老人家眞是得寸進尺，不過他也馬上就想到，既然都替人家把鞋子撿回來了，那就乾脆好人做到底吧！

張良遂跪在地上爲老人穿鞋，老人以一種理所當然的神氣伸著腳讓張良爲自己服務。等鞋子穿好，老人似乎終於滿意了，便笑著離去，什麼也沒說。

老人這一連串不尋常的舉動，令張良感到相當吃驚。他的目光一直追隨著老人。只見老人走了已經足足有一里遠，忽然又折回到橋上，對張良說：「看你這小子還可以教一教，五天以後的拂曉時刻，你到這裡來與我相見。」

老人說得如此篤定，令張良簡直沒有辦法拒絕，再加上老人那怪異又帶著些神祕的舉止，早已震懾住了張良，使他不由自己便跪了下來，恭恭敬敬的答應了一聲：「是！」

到了約定的那一天，張良依約在拂曉時前往橋上。沒想到老人居然已經坐在那裡，一看到張良，就很生氣的大罵道：「你這小子還懂不懂規矩？懂不懂禮貌？和長輩相約，居然晚到，這是什麼意思？」

張良正想分辯，老人根本不要聽，氣呼呼的擺擺手說：「去吧去吧！五天後再來，記得要早一點來！」

過了五天，張良果然提早了一些，剛剛雞鳴，天還黑著呢，他就前往橋上，心想今天一定沒問題了，誰知道老人竟然還是已經到了，看到他來，脾氣發得更大，指著他的鼻子大吼道：「你又來晚了！你這小子到底是怎麼搞的啊！」

憤憤離去之前，老人又交代道：「回去吧！五天後再來！記得要早一點來！」

轉眼又過了五天，這天，張良乾脆還不到半夜就出

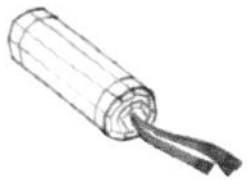

發了。儘管他到現在還不知道老人的葫蘆裡究竟賣的是什麼藥，儘管前兩次挨罵都讓他覺得挺冤枉，可是他的好奇心已經被勾起，很想知道這個奇怪的老人究竟要做什麼？

幸好，這回他來到橋上的時候，這裡總算是空無一人，沒有那個老人的身影。他等了一會兒，老人來了，一看到張良，終於不再罵他，而是眉開眼笑道：「這樣才對呀！」

說著，老人隨手就從懷裡拿出一本書來交給張良，「哪，這本書給你，你只要讀通了這本書，就可以當王侯的老師了，再過十年，你就要飛黃騰達了！」

張良剛接過書，老人就像完成了任務一樣，一派輕鬆的轉身就要走。張良在老人身後急急忙忙的喊道：「老人家！請留步！我還沒請教您尊姓大名？我們還會再見面嗎？」

老人回過頭來，臉上帶著笑意，這樣對張良說：「十三年後，你小子如果還想再見到我，那濟北穀城山下的黃石，就是我啦！」

說完就飄然遠去。

張良仔細看看老人給他的書，赫然發現是《姜太公兵法》。由於得到這本書的過程是這麼樣的奇異，張良便經常誦讀鑽研，經過一段時間之後，果然很有心得，對他的事業幫助非常大。

張良早年在下邳的這段奇遇，流傳得非常廣，後人都將那位老人稱爲「黃石公老人」。

「穀城」是一個山名，在今天山東東阿縣東北。據說，十三年後，張良跟隨漢高祖劉邦路過濟北，果眞看到穀城山下有塊黃石，便恭敬虔誠的把這塊黃石帶回去，供奉在自家宗祠中。又過了許多年，張良去世以後，家人還把這塊黃石和他安葬在一起，從此家人每逢

掃墓祭祀，也都同時祭奠黃石。

在張良的一生中，屢獻奇計。在爲時四年的楚漢戰爭中，他和蕭何、韓信是最受劉邦倚仗的文臣武將，也是漢朝開國三大功臣之一。可是在盡心盡力輔佐劉邦取得天下之後，張良的表現非常低調。

韓信在末日將至的時候，曾有過一番感慨：「狡兔死，走狗烹；高鳥盡，良弓藏；敵國破，謀臣亡。」而張良是早就洞悉人性，看透這番道理的。當劉邦讓張良自己從齊國任意挑選三萬戶作爲封邑時，他毫不貪心，再三推辭，表示自己只願意受封小小的留縣，因此後來張良又被稱作留侯。又過了一段時間，張良乾脆假稱健康欠佳而不問朝政，並且跟隨赤松子學習辟谷導引去了。所謂「辟谷導引」，類似於現在所說的氣功。

由於張良懂得急流勇退，才得以善終，在漢初屠殺功臣的悲劇中逃過一劫。

蕭何的故事

劉邦從年輕時的市井無賴之流，日後居然成爲漢朝的開國皇帝，這實在是一大奇蹟；而劉邦之所以能締造這樣的奇蹟，除了受惠於歷史機遇（所謂「時勢造英雄」），和他的性格也很有關係。

劉邦本來就是一個粗人，常常張口就是三字經，開口就罵人，但是他個性豪爽，放得開，又特別懂得知人善任，非常善於請教別人高明的意見。劉邦經常掛在嘴邊的一句話就是「爲之奈何？」（該怎麼辦呢？）當別人提出什麼高明的意見時，他也都表現得很有悟性，不僅能夠判斷，知道別人的意見高明，絕不意氣用事，固執己見，還常常都是一點就通，表現得比提高見的人所能預期的還要好。

劉邦稱帝之後，在一場慶功大典上，也曾向群臣作過一番自我分析，說：「若論運籌帷幄、決勝千里之外，我比不上張良；若論鎮守國家、安撫百姓、供給糧餉，我比不上蕭何；若論率軍百萬、戰無不勝、攻無不克，我比不上韓信，可是他們都能爲我所用，這就是我能取得最後勝利的眞正原因！」

「知人善任」確實是劉邦的一大優點，所以他是一個了不起的領袖，身邊總是人才濟濟，不過，張良、蕭何和韓信則是公認的開國三大功臣，在這三人之中，又屬蕭何與劉邦的淵源最深。

蕭何是劉邦的老鄉，同樣是沛縣豐地（今屬江蘇省）人。他是一個很不錯的文吏，曾經參加過泗水郡文書吏的公務考核，名列第一。他不但熟知法律條文，辦案態度也相當公正，在地方上頗具聲望。

當劉邦還只是一個微不足道的亭長時，蕭何便注意到劉邦，覺得此人很特別，樂意與他交往，也挺照顧他。比方說，當劉邦去咸陽服徭役時，其他官吏都送給劉邦三百錢，惟獨蕭何送了五百。

當時作沛縣管理監獄的小吏曹參，在地方上也有一定的分量，和蕭何的私交也不錯。自從陳勝、吳廣在大澤鄉揭竿起義之後，天下大驚，反秦隊伍也一一冒了出來，簡直比雨後春筍還要多，各地英雄豪傑紛紛起兵，響應陳勝和吳廣的反秦大業。而英雄豪傑們的起兵方式，往往都是殺了縣令，再奪縣而自立，弄得每一個縣令都惶惶不可終日。

這時，沛縣縣令爲了自保，也想宣布反秦，可是蕭何和曹參對縣令說，他本來就是秦朝的官吏，現在說要反秦，恐怕號召力不夠，不如把能夠匯集人氣，目前又流亡在外的沛縣子弟找回來幫忙。縣令覺得有道理，忙問兩人有合適的人選嗎？蕭何和曹參說，有的。兩人一

致推薦劉邦。

縣令便命樊噲去找劉邦。樊噲是劉邦妻子呂雉的妹夫，和劉邦有親戚關係，想像中應該比較有辦法找到劉邦。不久，樊噲果然找到了，而劉邦一聽說居然有這樣的好事，面對這麼好的機會當然是求之不得，馬上就興匆匆的和樊噲一起往回走。但還沒到沛縣，縣令又反悔了，害怕把劉邦找回來是引狼入室，擔心劉邦一進城就會對自己不利，因此下令緊閉城門，不讓劉邦進來。

縣令的擔心未嘗沒有道理，當時不少地方是發生了這樣的事。譬如那個倒楣的會稽郡守殷通不就是在邀請項梁、項羽叔侄一起反秦時，反而被這對叔侄給殺了嗎？

除了緊閉城門，沛縣縣令大概也是愈想愈懊惱，後悔不該把劉邦找回來，於是竟遷怒當初出這個主意的蕭何和曹參，想把他們倆給殺了。蕭何和曹參及時得知這個消息，趕緊悄悄逃出城去，與劉邦會合。

劉邦寫了一封信，射進城裡，信中呼籲沛縣老百姓聯合起來殺掉縣令，響應目前風起雲湧的反秦大業。這一招還眞管用。因爲很多沛縣老百姓都聽說了劉邦斬白蛇等那些神神鬼鬼的事，認爲具有貴相的劉邦遲早要成爲貴人，都巴不得他趕快進城。

就這樣，沛縣老百姓在劉邦一封信的煽動下，果眞殺了縣令，然後大開城門迎接劉邦。不久，劉邦就被大家擁立爲「沛公」，正式起兵，蕭何、曹參、樊噲等人，也就是從這個時候開始，便一直跟著劉邦打天下。

西元前二〇六年十月，劉邦帶軍進入咸陽城，幾乎所有將士都直奔收藏著大批金銀珠寶的府庫，只有蕭何，不愧是一個優秀文吏，是立刻著手收集秦朝丞相御史的律令、圖書等資料，並小心收藏，仔細研究。後來，劉邦爲漢王，之所以能對天下事物瞭若指掌，包括

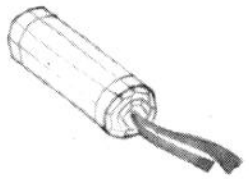

當時的人口、要塞位置等等，就是靠身爲丞相的蕭何，對秦朝圖書檔案進行了全面且深入的研究。

蕭何頗有識人之明，韓信就是他向劉邦大力推薦的，否則韓信就當不了大將軍，成不了一代名將，劉邦也就未必能夠打敗項羽。

劉邦發動楚漢戰爭後，蕭何奉令留守巴蜀，不但把巴蜀治理得井井有條，還能經常及時徵兵，補充劉邦的兵源，使劉邦即使吃了敗仗也能很快的恢復元氣。

蕭何個性十分謹慎。漢三年，楚漢戰爭陷入膠著，兩軍對峙。有一天，來了一位使者，說是奉漢王之令來慰勞丞相。有人就提醒蕭何，漢王自己現在成天都餐風露宿，日曬雨淋，居然還會想到要來慰勞你，恐怕是對你不大放心吧？蕭何想想，覺得很有道理，畢竟劉邦是任命自己專門負責關中事務呀。那麼，該怎麼樣才能讓劉邦放心呢？蕭何接受了這名親信的建議，將自己家族中所有能打仗的男性統統派到前線。劉邦果然非常高興，從此對蕭何更加信任。

漢五年，劉邦消滅了項羽，平定了天下，開始論功行賞。劉邦賞給蕭何的食邑最多。當時，所有的將領都不服氣，紛紛向劉邦抗議道：「我們出生入死，多的打了一百多仗，少的也有幾十回合，蕭何只不過是舞文弄墨，發發議論，從來沒打過仗，憑什麼現在位居我們之上？」

面對這種質疑，劉邦居然拿打獵來作比喻，說儘管將領們都很勇敢，衝鋒陷陣，只不過是懂得追殺獵物的「有功之狗」，蕭何則是懂得發現獵物蹤跡，並懂得如何指揮「有功之狗」的「有功之人」！況且，劉邦對所有將領說：「各位只是親身追隨我，最多也不過兄弟兩三人，蕭何則是發動全族幾十個人追隨我，功勞當然要比各位大多了！」

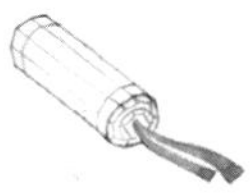

漢十一年，陳豨（ㄒㄧ）謀反，自稱代王。劉邦親自帶兵去征討，當大軍到達邯鄲時，又聽說淮陰侯韓信也在關中謀反了。不過，呂后很快就採用了蕭何的計謀，把韓信給殺了，處理得非常乾淨俐落。劉邦接到消息，立即派使者火速趕回京城，拜丞相蕭何爲相國，加封他五千戶，並加派五百名士兵和一個都尉，作爲相國的護尉。

蕭何驟然身榮，所有朝中大臣都來祝賀，惟獨一個人表示了深深的憂慮。這個人叫作召平，他本來是秦朝時的東陵侯，秦朝滅亡以後，成了普通的老百姓，但是倒也安之若素，過著清貧的日子，辛辛苦苦的在長安城東郊種瓜，他種的瓜品質很好，世人都把他種的瓜稱爲「東陵瓜」。

召平來到相國府，對蕭何說：「我眞是爲你擔心啊！你的災禍恐怕就要從這裡開始了！你想想，皇上現在親自帶兵在野外征戰，你則舒舒服服的鎮守宮中，皇上表面上加封你，還派人護衛你，我看並不是寵信你，而是在提防你啊！」

蕭何立即醒悟過來，接受召平的建議，不但辭謝劉邦的封賞，還把自己所有的私有財產也全部拿出來補充軍餉，果然再一次贏得劉邦的歡心。

蕭何一直小心翼翼，總算在漢初屠殺功臣的一片腥風血雨中逃過一劫，得以善終。臨終前，蕭何推薦曹參接任自己的位置。後來，曹參對於蕭何所製定的規章制度，完全沒有改動，全部照章繼續執行，這也就是「蕭規曹隨」的典故。

陳平的故事

陳平是劉邦的重要謀士，也是漢朝開國元勳之一。他是武陽縣戶牖（ㄧㄡˇ）鄉人（今河南省）。年少時家裡很窮，只有薄田三十畝。

陳平不愛耕種，只喜歡讀書。他和哥哥嫂嫂住在一起。哥哥對他很好，也很支持他，幾乎一個人包攬了全部的農活，而讓陳平自由自在的讀書和四處交遊，嫂嫂對他就很有意見了。其實這也是人之常情，可是哥哥卻還是護著他，不允許妻子批評自己的弟弟。

有一次，有人當面開陳平的玩笑，說：「咦，你家不是很窮嗎？那你到底是吃什麼才長得這麼好呀？」

這是因爲陳平長得高大魁梧，相貌堂堂，外表相當出色。嫂嫂在一旁聽到了，沒好氣的接了一句：「吃什麼？還不就是吃些糟糠！」緊接著，又恨恨的罵道：「有這樣的小叔子，眞是倒了八輩子楣，還不如沒有！」

陳平的哥哥知道這件事之後，非常生氣，竟然因此就把妻子趕出了家門！

過了幾年，陳平到了可以娶妻的年紀，麻煩來了；富貴人家都不肯把女兒嫁給他，而貧窮人家的女兒，陳平還挑剔得很，又不肯娶。陳平有一個意中人，是當地一個富貴之人張負的孫女。這個女孩的婚姻之路很不順利，運氣實在很糟糕，已經出嫁過五次，但出嫁不久丈夫都死了，以至於當地的年輕人已沒有人敢娶她，陳平卻對她情有獨鍾，也不信邪，很想娶她爲妻。

爲了孫女的幸福，張負便想對陳平悄悄考察一番。

陳平對鄉里的事頗爲熱心。比方說，只要有人家發生喪事，陳平一定主動前往幫忙喪家治喪，而且常常都是最早去，最晚離開。有一次，張負剛巧去弔喪，在喪

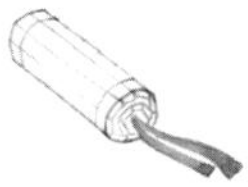

家碰到熱心幫忙的陳平，對陳平的印象很不錯，當天就悄悄尾隨陳平回家，一路上都在後面暗中觀察他。陳平家窮得連門都沒有，只用一張破草席當門，可是張負卻注意到在陳平家的屋外，有很多車輪印子，這說明了陳平的交遊很廣，所來往的對象也不會只是一般的市井小民。

張負遂認定陳平的貧困只是一時現象，不可能永遠貧困下去，終於說服了兒子，如願把孫女嫁給陳平。張負不但爲孫女準備了豐厚的聘禮，還在孫女出嫁前特別告誡道，嫁到陳家之後，絕對不可以因爲目前陳家貧困就對他們不恭敬。

陳平自從娶了張氏，經濟狀況大爲改善，交遊也愈來愈廣。有一次，鄉裡有祭祀活動，陳平擔任主持人，要爲大家主刀分肉，他分得很公平，令大家都很滿意。面對大家的稱讚，陳平居然語出驚人：「哎呀，假使我陳平有一天得到主宰天下大事的機會，我也會像分肉一樣的公平處理呢！」

聽來像是玩笑的話，其實已經流露出陳平不凡的志向。

後來，陳涉起兵之後，立魏咎爲魏王，陳平就在魏王手下任太僕，曾經向魏王提出過很多建議，魏王都沒有採納，再加上有人在魏王面前說他的壞話，陳平便離開魏王，投奔項羽，過了一段時日，又投奔劉邦，在劉邦這兒，陳平終於受到重用。

漢四年（西元前二〇三年），劉邦在滎陽被項羽圍攻已久，面臨糧草斷絕的危險。爲解滎陽之圍，陳平向劉邦獻上一條「反間計」。

陳平說：「項王本來就好猜忌，大王如果能拿出幾萬斤金子，離間項王君臣關係，使他們互相猜疑，這樣一定可以瓦解楚軍的內部力量。」

劉邦覺得這條計策可行，便拿出黃金四萬斤給陳平，而且充分信任陳平，任憑陳平按照需要全權處置這筆龐大的黃金。

陳平一方面運用大量的金子在楚軍中實施「反間計」，一方面還在楚軍中散播謠言，說鍾離昧等大將，明明已經立下很多戰功，卻遲遲得不到割地封王的獎賞，因此有了二心，遲早將投奔漢王，與漢王一起滅掉項氏天下。項羽確實不懂應該及時論功行賞，如今又聽到這種謠言，果眞就對鍾離昧等大將產生了疑心。

不久，項羽派使者來到漢軍勸降，劉邦更是把握住這個機會，好好離間了項羽和范增。劉邦的辦法其實很簡單，甚至可以說頗爲粗糙，就是命人先準備了非常豐盛的食物，然後他一走進來看到使者，便立刻裝作驚訝的樣子，還假裝彷彿是自言自語的嘟囔道：「我還以爲是亞父的使節呢，沒想到居然是項王的使節！」「自言自

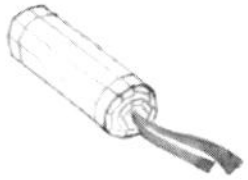

語」完畢，劉邦就命人把精緻的食物端走，再端進來粗糙的食物招待使者。

使者一回去，自然是把這些情形一五一十統統都向項羽報告，項羽果然中計，竟懷疑自己一向非常敬重、尊之為「亞父」的范增與漢軍有所勾結。

范增一直催著項羽盡快攻下滎陽城，不要與劉邦議和。范增說：「現在我們的軍事力量占據明顯的優勢，要徹底消滅漢是很容易的，如果再放過這次的機會，將來一定要後悔！」

可是已對范增產生疑心的項羽，怎麼也不肯聽范增的意見。范增發現項羽居然懷疑自己，非常氣憤，便對項羽說：「罷了！天下之事，大局已定，大王你好自為之吧！我情願帶著這把老骨頭回家去！」

項羽也不挽留，就這樣同意了。結果，范增還沒等回到彭城，在半路上就因背上生瘡，氣憤鬱悶而死。

不久，陳平又趁著黑夜，先從滎陽城東門放出兩千女子逃出，再趁楚軍忙著去抓那些女子的時候，與劉邦等少數幾人從城的西門逃了出去。劉邦終於又安全脫險，回到關中，整頓兵馬，再度發兵向東進攻項羽。

由於陳平曾經在項羽身邊待過，對項羽的的個性有比較清楚的了解，所以很能針對項羽個性的弱點定下一些計策，建立了很多功勞。漢朝建立以後，陳平被封爲曲逆侯，惠帝時又爲左丞相，後來在呂太后過世後，又與周勃一起鏟除諸呂勢力，使得劉氏天下又得以延續。

陳勝的故事

陳勝生年不詳，字涉，陽城（今河南登封東南）人。

陳勝雖出身雇農，但少懷壯志。年少時期，有一次，又被別人雇傭耕種田地，累了，他停下來到田埂上休息，心中非常鬱悶，很是不快。

半晌，陳勝自言自語道：「如果將來富貴了，千萬不要忘記我們這些人今天這種艱苦的處境。」

這番話原是陳勝說給自己聽的，但被身旁同樣也是雇農的人聽到了，就笑著應道：「你說得倒好聽，也不想想你只不過是一個被雇傭來耕田種地的人，怎麼可能富貴呀！」

面對同伴的譏笑，陳勝也沒動怒，只是長長的嘆了

一口氣，說了一句頗爲感慨的話：「唉！燕雀安知鴻鵠之志哉！」

「燕雀」是一種小鳥，「鴻鵠」是指天鵝，不僅外貌高貴，而且因爲可以飛得很高，常被古人用來比喻志向遠大。「燕雀安知鴻鵠之志哉」就是說，小小的雀鳥怎麼可能知道，那高高飛翔的天鵝的遠大志向呀！

秦始皇統一天下之後，建立了中國歷史上第一個封建王朝。秦王朝的國力十分強大，軍事力量更是十分了得，然而爲了鞏固統治所實施的種種嚴刑峻法，特別是繁重的賦役，也確實令老百姓苦不堪言。

綜觀秦始皇的一生，「功大過亦大」，個性中也確有殘暴的一面，而他寵愛的小兒子胡亥，不僅毫無能力，成天只曉得吃喝玩樂，殘暴的程度還遠遠超過了秦始皇。其實，秦始皇也很清楚胡亥的問題。胡亥出生於西元前二三〇年，正是秦始皇（當然，那個時候還是秦王時代）滅掉韓國的那一年，也是正式展開統一大業的那一年，忙於政務的秦始皇，不可能有太多的時間，來管教這個小兒子，而胡亥的年輕時代又目睹了秦始皇焚書坑儒、橫征暴斂等種種殘酷統治手段，耳濡目染，似乎只看到父親性格中殘暴的這一面。

西元前二一〇年，秦始皇因病死於巡遊途中，居心叵測的趙高（這是中國歷史上最早專權的宦官），聯合丞相李斯，偷偷竄改秦始皇的遺詔，改立二十歲的胡亥爲太子，又僞造一封遺書給原本的皇位繼承人公子扶蘇，和大將蒙恬，命兩人自殺。

扶蘇一接到這封假詔書，就痛哭流涕的要自殺，大將蒙恬很懷疑這封詔書的眞實性，認爲扶蘇應該向秦始皇申訴，可是個性十分敦厚老實的扶蘇不肯，只一個勁兒的說：「既然父皇要我死，我當然就得死，哪裡還敢申訴？」於是扶蘇就乖乖自殺了，扶蘇一死，蒙恬也自

殺了。

而還在外面刻意拖延行程，甚至還每天都在車上放一石（ㄉㄢˋ）（爲容量名，十斗爲一石）鮑魚來掩飾屍臭的趙高一行人，接到扶蘇和蒙恬已死的消息，這才放心的急忙趕回咸陽，發布秦始皇去世的消息，並立即爲胡亥舉行即位大典，是爲秦二世。

秦二世登上皇位之後，秦朝的嚴刑峻法更加變本加厲，可以說已到了完全泯滅人性的地步，老百姓的日子就比過去更苦了。

秦二世元年（西元前二〇九年）七月，陳勝與好友吳廣以及戍卒九百人，被官府強徵去屯戍漁陽，兩人都爲屯長。當他們行駐在大澤鄉（今安徽省宿縣東南方一帶），碰上連日傾盆大雨，影響了正常的行程，算算時間，顯然是沒有辦法如期趕到漁陽了，這可是一件很嚴重的事，因爲儘管不是他們有意耽擱，可是按照嚴酷秦法的規定，只要是誤了日期，按軍法就要殺頭，沒有商量的餘地。

這時，有人提議逃跑。當然，逃跑也是死罪，可是若僥倖逃得成，就有希望撿回一命。

陳勝則語出驚人，提議造反！

陳勝對眾人說：「反正現在逃跑也是死，造反也是死，那還不如造反！也許還能死中求活，就算死了，也死得轟轟烈烈，後世都會記住我們的名字！」

陳勝敢於發表這番豪言也是有所依據的，他的依據就是來自於對社會情勢以及民心的觀察。陳勝認爲，老百姓對秦王朝早已怨聲載道，恨不得將其推翻，只要有人敢登高一呼，一定就能迅速引起廣泛的共鳴，而只要能把天下所有反秦的力量，統統整合起來，未嘗沒有機會開創一番新局，成爲了不起的王侯將相！

事實證明，陳勝對形勢的判斷完全正確。乍聽到這

番大膽的造反言論，很多人都嚇了一大跳，但陳勝的好友吳廣首先表示贊同，緊接著，大家普遍都覺得陳勝所說的非常有道理，也都願意一搏。

於是，儘管手無寸鐵，在陳勝與吳廣的號召下，大家仍「斬木爲兵，揭竿而起」，反秦大業的序幕也就此拉開。

陳勝和吳廣率領著九百人起義，很快就發展到數萬人，而且天下英雄豪傑也紛紛響應，一時之間，風起雲湧，反秦之勢，來勢洶洶，已不可擋，一切就和陳勝當初所預言的一樣！

後來，陳勝在陳縣（今河南淮陽）建立了張楚政權，他也被共推爲王。然而，陳勝稱王只有六個月就失敗了。陳勝於西元前二〇八年被叛徒所殺。

儘管如此，陳勝仍在歷史上寫下可歌可泣的一頁。反秦大業歷時三年，緊接著楚漢相爭歷時四年，最後的勝利者雖然是劉邦，但一切的開創者卻是陳勝。

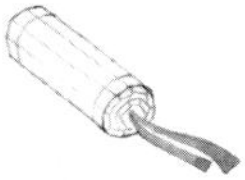

呂后的故事

呂后本名雉（ㄓˋ），「雉」的意思，是一種鶉（ㄔㄨㄣˊ）雞類野禽，俗名「山雞」或「野雞」，雄的羽毛特別美，尾羽長兩三尺，可以拿來作爲裝飾。不知道呂公爲女兒取這個名字，有沒有一點期許她能像男性一樣出類拔萃的意思。呂后的性格十分堅毅和果斷，在傳統觀念中，這都是屬於男人的性格。

呂雉是秦朝時單父縣（今山東單縣）人。呂公爲逃避仇家，帶著全家搬到沛縣來，因而認識了劉邦。呂公和沛縣縣令關係很好，搬到沛縣不久，便設宴想和地方賢達見見面，而由於知道呂公是縣令的貴客，宴會當天，賀客盈門，有頭有臉的人全來了。呂公請沛縣主吏蕭何來幫忙主辦宴會，蕭何看客人太多，不好安排座位，便訂下一條規矩：「凡賀禮不滿一千錢的，都坐在堂下。」這時，劉邦大搖大擺的也跑來湊熱鬧，他根本沒帶錢，膽子卻很大，居然大言不慚的張口就說：「我賀錢一萬！」傳達信以爲眞，傻乎乎的跑去向呂公報告，呂公急急忙忙的親自下堂迎接，一見到劉邦，立刻就感到劉邦相貌不凡，馬上請他入席就坐，一頓飯吃下來，呂公竟主動向劉邦提出想把自己的大女兒嫁給他。

劉邦這個時候雖然已經有了一個私生子（就是後來被封爲齊王的劉肥），但還沒有正式娶過親，如今居然有不錯的人家，願意把從未婚嫁的女兒嫁給他，他自然是求之不得。不過，當呂公向妻子說了自己的想法後，妻子卻非常不樂意，妻子說，咱們家的雉兒說什麼也是一個大家閨秀，那個劉邦都已經四十出頭了，兩人的年紀相差得太多了！再說劉邦不過是一個小小的亭長，聽說

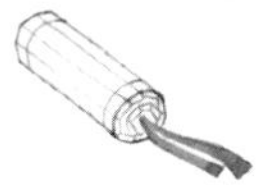

還是一個酒色之徒，把咱們雉兒嫁給他，實在是太委屈雉兒了！妻子並且質問呂公道：「你不是老說咱們雉兒命中要配貴夫嗎？怎麼竟替她選了這麼一個丈夫！我實在是看不出那個劉邦有什麼好！」

呂公還是堅持道：「女人家懂什麼！我還會害自己的女兒嗎？我看劉邦的相貌，就可以斷定他將來一定會飛黃騰達，等著瞧吧！」

對於父親的安排，呂雉是秉持著古時候對女性「在家從父」的觀念，順從的接受了（至少表面上是如此）。

說劉邦相貌好的人還不止呂公一個。呂雉在嫁給劉邦後，除了操持家務，經常還得下田工作。有一天，呂雉和一雙兒女正在田裡幹活，一個老人路過，向呂雉討水喝，呂雉給他了，老人喝了水，不急著走，細細端詳了呂雉母子三人好一會兒，然後告訴呂雉，他懂一點相術，依他看來，呂雉母子三人都生得一副貴相，日後一定大富大貴，好日子過不完。

老人走後，劉邦剛巧也來到田裡，聽說了方才有一個懂相術的老人經過，趕緊朝著老人離去的方向拔腿就追，追到老人之後，興致勃勃的問道：「你看我的相貌怎麼樣啊？」

老人看了一看就說：「現在我知道了，方才你夫人和兒子、女兒之所以有貴相，原來是因爲你！你的相貌實在是貴不可言！」

劉邦聽了之後，自然是高興得不得了。

呂雉和劉邦只生了一兒一女。兒子名叫劉盈，就是後來的漢惠帝，女兒則是後來的魯元公主。

呂雉嫁給劉邦，早年吃過不少苦頭。別的不說，光是楚漢相爭期間，呂雉和劉邦的父親在楚軍那兒做過兩年的人質，在楚軍的大牢裡被關了兩年，這段經歷就夠她受的了，直到西元前二〇二年，楚漢議和，雙方約定

以鴻溝爲界，中分天下，接下來，項羽按照約定送還劉邦的父親和妻子，呂雉這才能夠回到劉邦身邊。

不久，楚漢相爭的局面結束，項羽敗亡，劉邦則當上了皇帝，建立了漢王朝，果然是貴不可言，然後立元配呂雉爲皇后。呂后終於苦盡甘來，等到了好日子，現在，只要等兒子將來當上皇帝之後，她也就將成爲呂太后。

這原本是理所當然的事，是傳統宗法制度對於所有元配的保障。就好像雖然劉邦身邊一直是美女不斷，可是等他一旦當了皇帝，還是得把身爲元配的呂雉立爲皇后一樣，呂雉的兒子劉盈身爲嫡長子，自然也就是理所當然的太子，以及日後皇位的繼承人。

沒想到居然有人膽敢挑戰這種根深柢固的宗法制度，連帶也就等於是挑戰呂后的地位，那個人就是戚夫人。

戚夫人是劉邦在當上漢王以後，在定陶得到的美人，年輕貌美，能歌善舞，深受劉邦的喜愛。或許是基於愛屋及烏的心理，劉邦喜歡戚夫人所生的兒子劉如意，也比劉盈要多一些。這麼一來，戚夫人漸漸萌生了一個不安分的想法。她仗著得寵，開始一個勁兒的纏著劉邦，成天哭哭啼啼的要求劉邦改立自己的兒子劉如意爲太子。

就主觀意願來說，劉邦確實也很想這麼做。一方面是因爲寵愛戚夫人，不忍讓戚夫人失望，另一方面，劉邦也覺得劉盈太過柔弱，擔心他日後守不住江山，儘管劉如意此時還非常年幼，劉邦對他卻愈看愈順眼，愈看愈喜歡，還常常對左右說，覺得劉如意比較像自己，將來一定會有大出息。

當呂后得知劉邦竟然想廢太子，並且還想改立劉如意爲太子時，內心自然十分震驚，但是她非常鎮定，表

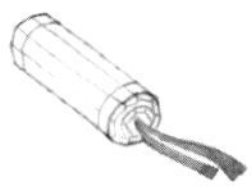

面上暫時不動聲色，只是靜觀其變。呂后知道，劉邦想把這個想法付諸實施不會那麼容易的。

果然，劉邦一提出想廢太子，立即遭致群臣的反對，其中以御史大夫周昌反對得最厲害。周昌個性耿直，又非常敢於直言相諫，向來深受劉邦的敬重。周昌說話會口吃，一急起來就口吃得更厲害，話就更說不清楚了。這會兒，周昌就結結巴巴的一直說：「臣期期——期期——期期以爲不可——」見周昌面紅耳赤，窘迫成這個樣子，然而無論神情和語氣又是那麼的嚴肅和著急，劉邦和群臣都笑了，劉邦也只得把這件事暫且擱置。

（期，有「極」和「很」的意思，「期期以爲不可」就是非常不以爲然，表示強烈反對的意思。劉義慶《世說新語》上也記載過一個說話口吃的人，叫作鄧艾，每當說到自己的名字時，總會不由自主的連著說好幾個

「艾」，後來，人們就把周昌與鄧艾這兩個小故事結合在一起，組合成「期期艾艾」一詞，形容人說話口吃的樣子。）

周昌在大殿之上力阻劉邦擬廢太子，只是盡忠職守，認爲太子並無過錯，若無辜被廢，不僅與宗法制度不合，還會招致天下人的質疑。他萬萬想不到呂后居然偷聽了這席話，因此下朝之後，呂后一見到周昌，竟然不顧自己尊貴的皇后的地位，「撲通」一聲跪在周昌的面前，對周昌磕頭感謝道：「若不是您，太子幾乎就要被廢了！」

「太子寶座攻防戰」第一回合，呂后沒有親自出手，就占了上風。不過呂后也沒有掉以輕心。她冷靜的評估形勢，認爲戚夫人不可能就此斷念，一定還會伺機而動，也就是說，她恐怕得採取更積極的作爲，來鞏固兒子——其實也是鞏固自己的地位。

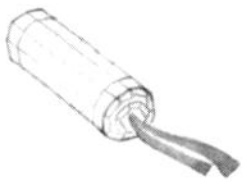

經過再三考慮，呂后託自己的兄弟建成侯呂澤去找足智多謀的張良商量，要張良幫忙想想辦法。張良本來以這是皇上的家務事爲由，不想插手，但後來實在拗不過呂后的堅持，只好建議他們不妨去把「商山四皓」請出來，增加太子的威望。

所謂「商山四皓」，是四位年高德卲隱居在商山之中的老先生，他們都八十多歲了，當年都是爲避秦末世局動盪而隱居山林，劉邦平定天下之後，聽說他們的大名，多次請他們出山，但是都請不動，劉邦一直深以爲憾。

呂后覺得張良的這個計策很好，於是趕緊派出使者帶著厚禮以及太子的書信，找到商山四皓，恭恭敬敬的請他們幫忙，四位老先生得知事情的來龍去脈之後，決定出山。

不久，在一場皇家宴會上，劉邦看見了四位氣質出眾、仙風道骨的老先生，站在劉盈的身後，覺得很奇怪，便問那四位老先生是誰，當他得知竟然是商山四皓時，眞是大吃一驚，萬般不解的問道：「我派人到處尋訪你們，多次請你們出山，你們就是不肯，爲什麼現在竟會和太子在一起？」

老先生們回答道，因爲劉邦總是粗魯不文，又喜歡罵人，他們都是知書達理的人，怎麼吃得消？所以以前當然不肯出來，但他們聽說太子爲人仁厚，又謙恭有禮，太子派人來請他們，他們都很樂意爲太子效命。

劉邦聽了，呆了半晌，說不出話來。隔了好一會兒，才悄悄對身旁的戚夫人說：「妳知道我確實是很想改立太子，可是現在太子有了這四個人的輔佐，表示他羽翼已豐，地位已很難動搖，改立太子這件事顯然是弄不成了！」

戚夫人頓時淚流滿面。

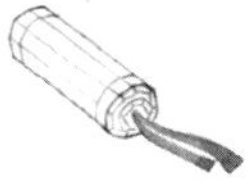

從此，劉邦果然再也沒向群臣提起想改立太子。

這個時候，劉邦已近暮年，身體狀況愈來愈不好，他也一天比一天憂慮，因爲他擔心日後呂后不會放過戚夫人和幼子趙王劉如意。爲了保護劉如意，劉邦遂命自己一直非常倚重的大臣周昌去趙王劉如意的身邊擔任相國，主要是希望周昌隨時爲劉如意出主意。

呂后至此取得「太子寶座保衛戰」的最後勝利。

劉邦在把自己能安排的都安排妥當之後，很快就撒手人寰了。西元前一九五年，十六歲的太子劉盈順利即帝位，呂后也升格成爲呂太后。

呂太后立即向戚夫人展開報復。她命人把戚夫人抓起來，剝掉她華麗的衣裳，給她換上紅色的囚衣，丟進大牢，還剃光她一頭美麗的秀髮，叫她整天舂米。

向來錦衣玉食慣了的戚夫人，哪裡受過這種罪？自然是每天以淚洗面。爲了排遣心中的悲傷，戚夫人一邊舂米，一邊還可憐兮兮的唱起歌來：

子爲王，母爲虜！

終日舂薄暮，常與死爲伍！

相隔三千里，當誰使告汝！

戚夫人確實頗有些音樂天賦，這也是她從前備受劉邦寵愛的原因之一，可惜這一回，她的音樂天賦實在是用錯了地方。

戚夫人太天眞了，她不該覬覦（ㄐㄧˋ ㄩˊ）太子寶座在先，也就是不該對太子寶座抱持著非分之想，如今大難臨頭，還絲毫沒有一點警覺性。畢竟，「太子」只有一個，亦即「未來的皇位」、「未來的太后」只有一個，當戚夫人在對這個本來就不屬於自己的東西產生妄想的時候，實在應該清楚的認識到，一旦發動這場「太子寶座爭奪戰」就沒有退路，就將與呂后正面衝突，失敗之後，所將付出的代價必定十分慘烈，而現在呂太后

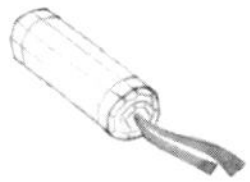

還沒殺她呢，她不默默低調應對，居然還唱歌以寄哀思，並寄望於自己的兒子來拯救自己，這就將更進一步激怒呂太后，也彷彿提醒呂太后還有一個趙王劉如意應該加緊收拾！

果然，當呂太后得知戚夫人的舉動後，勃然大怒，惡狠狠的想著：「『當誰使告汝』，哼，既然妳這麼巴望有人能夠幫妳去告訴妳兒子，那我就把妳的兒子給找來好啦！」

於是，怒氣沖天的呂太后立即召趙王進京。奇怪的是，使者去了好幾次，都被相國周昌以各種理由推託，反正就是不讓趙王去京城。在使者再三追問下，周昌只得坦白相告，說其實高祖早知道呂太后嫉恨戚夫人和趙王，深恐自己百年之後，呂太后會對她們母子倆不利，所以才特別要他來擔任趙國的相國，就是要他好好保護趙王，如今呂太后突然召趙王進京，很明顯是來者不善，他怎麼能放心的讓趙王去京城呢？

使者回去向呂太后稟告，呂太后明白了實情之後，非常火大，馬上改變策略，先派一批使者召周昌進京，周昌不能不去，等到周昌一動身，立刻再派另一批使者召趙王進京，趙王年幼，完全不知提防，更不曾預料此行將充滿凶險，就高高興興的出發了。

惠帝倒是也頗了解母親的心思，得知母親把小趙王召來，恐怕不安好心，便暗暗打定主意一定要保護小趙王。惠帝不但親自到灞上迎接小趙王，陪他一起進宮，接下來，就讓小趙王和自己住在一起，這麼一來，呂太后根本沒有下手的機會。

呂太后當然不肯放棄，仍派人虎視眈眈密切監視著小趙王的一舉一動，等待著出手的機會。終於，有一天，機會來了。那天清晨，惠帝一早就出去打獵，本來是打算帶著小趙王同行，可是小趙王畢竟年紀很小，起

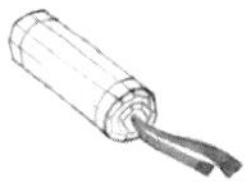

不來，就留在了宮裡。呂太后一獲知這項情報，馬上派人送了一杯毒酒過去。不久，惠帝打獵回來，發現小趙王已經被毒死了。惠帝悲痛不已。

沒想到，惠帝還沒從悲痛的情緒中平復過來，幾天以後，有太監前來報告，說呂太后想讓惠帝去永巷宮欣賞「人彘（ㄓˋ）」。

「彘」就是豬，「人彘」豈不就是「人豬」？這會是一種什麼東西？惠帝從未見過，甚至連聽都沒聽過，在好奇心的趨使之下，就跟著太監去了。

永巷宮是皇宮裡宮女居住的地方，因爲有很多住房排列在一起，形成一條條長長的巷道，所以叫作「永巷」宮。惠帝跟著太監沿著那條長長的巷道，一直走到永巷宮的廁所裡……

一幅恐怖萬狀的畫面立即進入他的視線。在廁所的地板上，有一團血肉模糊的東西正在蠕動。惠帝鼓起勇

氣，睜大眼睛仔細看了幾眼，驚恐的發現那團怪東西竟然是一個人！——不，應該說那團怪物曾經是一個人，可是現在卻已變成人不像人、豬不像豬的東西，因爲「它」沒有四肢，沒有頭髮，本來應該是眼睛的地方，現在因爲雙眼都被挖掉，只剩下兩個黑黑的窟窿，本來應該有聲音的，現在因爲被強灌了啞藥，只能張著空洞的嘴巴，發不出任何聲音……最恐怖的是，這團怪物竟然還活著！「它」一定有意識，只是再也看不到、聽不到周遭的一切，因爲「它」不僅沒有了眼睛，雙耳也被熏聾了。「它」所能做的，只有在地上痛苦的蠕動……

「這——就是人彘？」惠帝顫抖著問。看到這麼一個怪東西，他的心裡眞是恐懼極了。

「是。」太監應道，然後說了一句令惠帝怎麼也不敢相信的話。

太監說：「這就是戚夫人。」

「什麼？戚夫人？」惠帝立刻「哇！」的一聲哭了出來，踉踉蹌蹌的衝出了廁所。

回到自己的未央宮後，惠帝仍舊大哭不止，母親把戚夫人變成「人彘」的惡行，令他的精神受到很大的刺激，那可憐又可怕的「人彘」模樣更是一直盤旋在他的腦海，揮之不去。

惠帝很快就病了。他派人捎了一個口信給母親：「這不是人做得出來的事！實在是太殘忍了！我就算是您的親生兒子，也沒有辦法接受這樣的暴行，您做出這樣的事，教我以後還怎麼治理天下？」

惠帝從此不理朝政，一病就病了一年多，就算身體狀況好了些，也成天躲在深宮裡縱情於酒色之中。

西元前一八八年，在位僅僅七年的惠帝就這樣死了，得年僅二十三歲。呂太后為了報復戚夫人，結果卻也逼死了自己的親生兒子。

文帝的故事

在中國歷史上，在皇家宮廷中，喜歡干預政治的女性其實爲數還不少，譬如仗著自己在皇帝面前得寵，挖空心思讓自己的娘家人都位居高位等等，但眞正稱得上是政治家，或者對政治確實擁有關鍵性影響的女性卻寥寥可數，無非是呂后、武則天和慈禧等。而呂后雖然不曾正式擁有皇帝的名義（武則天就擁有過「則天大聖皇帝」的稱號，建立過武周王朝，把整個江山都給改姓了！爲時十五年，直到臨終前留下遺囑，令去掉帝名，又改稱「則天大聖皇后」），但實際上呂后卻是中國歷史上第一個女皇帝。

當她的兒子惠帝在位期間，整整七年，身爲太后的她一直在垂簾聽政，惠帝只不過是她的一個傀儡。「垂簾聽政」這個辦法似乎很好用，後來的慈禧還有兩次垂簾聽政的紀錄。等到惠帝一去世，呂太后就正式「臨朝稱制」；在古代，皇帝所說的話一種叫作「制書」，一種叫作「詔書」，「稱制」實際上是天子的特權，既然呂太后「臨朝稱制」，那也就是說呂太后是正式在行使天子的職務了。

因此，司馬遷在《史記》中不僅爲呂太后作傳，而且還放在〈呂太后本紀〉，被列在「本紀」中的都是帝王。在〈呂太后本紀〉中，司馬遷甚至還用「高后」紀年。

呂太后從垂簾聽政到臨朝稱制，前後一共十五年，在這十五年之中，其實她的政績很不錯，不僅天下安定，老百姓也都豐衣足食，但是在惠帝死後，她爲了掌權，並且想大封諸呂爲王，就對劉氏皇族大加迫害。劉邦一共有八個兒子，只有英年早逝的惠帝是她親生兒

子。惠帝死後，惠帝其他同父異母的兄弟，也就是劉邦其他的兒子可就慘了，有四個人先後被她所殺，只有老大齊王劉肥得以善終。

呂太后沒有殺劉肥，多半也是因爲劉肥在發覺自己可能有殺身之禍的時候，趕緊用非常屈辱的方式討饒——不僅主動獻出封地，還無比荒唐的尊自己同父異母的妹妹魯元公主爲「齊王太后」，呂太后這才放過他。

呂太后一邊迫害劉氏皇族，一邊大力扶植呂氏子弟，偏偏這些呂姓子弟，如呂祿、呂產等人，一點也沒有政治頭腦，一個個又都自以爲是。呂太后在病重臨終前，明明再三告誡過他們，當年劉邦曾與大臣們有過「白馬之約」，約定「非劉氏不得王，非有功不得侯；不如約，天下共擊之。」呂太后對呂祿、呂產等人說，現在我不行了，那些大臣們一定會乘機作亂，你們一定要牢牢掌握住兵權，好好保衛皇宮，不要被他們所控制。

呂太后甚至要求呂氏子弟不要爲她送喪。

偏偏這些呂氏子弟就是不聽，三兩下就被丞相陳平、太尉周勃等人把兵權給哄騙走了，呂太后花了十五年辛辛苦苦好不容易才建立起來的局面，也就在短短幾天的時間之內，迅速遭到瓦解。

剷除諸呂之後，大臣們的當務之急，當然就是要趕快重新立一個皇帝。放眼看去，劉邦的兒子中，此刻還健在的只剩下淮南王劉長和代王劉恒了。大臣們反覆商議，決議要扶植名不見經傳的代王劉恒爲皇帝。這一年，是西元前一八〇年，二十二歲的代王劉恒被擁立爲帝，是爲漢文帝。

老實說，劉恒和他母親薄夫人大概做夢也想不到這種好事居然會降臨到他們頭上。說起來，劉恒的出生也是一個「極大的幸運」，因爲他的母親薄夫人和劉邦在一起的機會眞是少得可憐，劉邦有那麼多的後宮佳麗，後

來又特別寵愛戚夫人，早就把薄夫人給忘了，不僅忘了薄夫人，連薄夫人所生的兒子劉恒差不多也忘了。薄夫人就這樣帶著兒子小心翼翼的生活，並經常教育兒子宮廷生活險惡，一定要處處謹慎小心，誰都不能得罪。或許就是由於薄夫人這樣的「生存教育」，大臣們對劉恒的印象都不錯。在劉恒七歲那年，蕭何等三十餘位朝臣還聯合舉薦，劉恒也因此得以被封爲代王，對他來說，這已經算是時來運轉了。

劉邦死後，呂太后對後宮佳麗們大肆整肅，戚夫人的悲劇固然是慘絕人寰，時隔兩千多年仍然會令人不寒而慄，其他許多佳麗的下場也都不好，但或許就是因爲薄夫人向來都是謹言慎行，再加上反正劉邦從來也沒寵愛過她，呂太后也談不上嫉恨她，反而還有些同情她，因此還特別恩准她去代國陪伴兒子。

當呂太后過世，呂氏勢力被徹底消滅，旋即從宮中

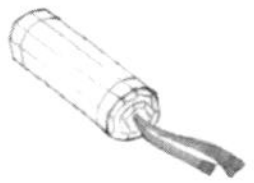

又傳來群臣打算擁立代王劉恒爲皇帝的消息時，薄夫人和代王劉恒都半信半疑。薄夫人派弟弟薄昭悄悄跑到長安去打聽。薄昭很快就回來了，滿懷興奮的向姊姊報告，傳言都是眞的！外甥果眞要作皇帝了！現在滿朝文武都在等著外甥趕快去京城登基呢。

一切就像做夢一樣，劉恒就這樣被簇擁著出發前往長安。走到高陵，這裡距離長安城大約只剩五十里，劉恒又停了下來。他還是不敢相信自己居然眞的要作皇帝了，便派隨從先進城去看看情況。

不久，隨從回來報告，說朝中自丞相以下所有文武百官都已等候多時啦，劉恒這才下令車隊快馬加鞭趕到了渭橋，這時，群臣見到劉恒終於來了，一個個恭恭敬敬的拜見，口中稱臣，年輕的劉恒也下車大模大樣的一一還禮。太尉周勃跪在地上，從懷裡拿出皇帝的玉璽，當場就要獻給劉恒。不過，劉恒很沉得住氣，沒有立刻

接受，如果立刻接受，就會顯得太草率了。他從一個落魄皇子，一夜之間突然搖身一變成爲皇帝，當然得端端架子。

劉恒隨後先進入代國在長沙城內的「辦事處」，群臣也魚貫跟進，然後宣讀聯名上表，恭請劉恒登基作皇帝。劉恒聽完之後，先面向西邊以賓主之禮說了三遍「不敢當」，再面向南邊以君臣之禮說了兩遍「不敢當」。當然，雖然嘴巴說「不敢當」，但既然已經採取了君臣之禮，顯然就是表示已經接受大家的好意了。

劉恒就這樣當了皇帝。他在位二十三年，去世的時候只有四十五歲。他和兒子劉啓共同開創的「文景之治」，是西漢著名的盛世。

李廣的故事

李廣，是隴西成紀人（今甘肅省），不但家中世世代代都學習傳授射箭，還是名將之後。當年秦始皇在兼併六國、統一天下的戰爭中，負責帶領數千士兵追殺燕國國君和太子丹的秦將李信，就是李廣的祖先。

據說李廣的手臂比一般人都要長，再加上力氣又大，能拉強弓，射箭的本領非常高強。

有一次，李廣外出打獵，看見草叢裡好像有一隻老虎，馬上彎弓搭箭，「嗖！」的一聲，正中目標，可是走近一看，卻發現這哪裡是什麼老虎，原來自己射中的是一塊石頭！而且整個箭頭都牢牢的陷進石頭中，怎麼也拔不出來。可見李廣的力氣有多大。在此之前，由於他所住的地方有老虎出沒，李廣曾經不止一次射殺過老

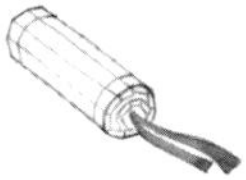

虎，也曾經與老虎搏鬥過，還因此受過傷。

漢文帝十四年，匈奴大舉入侵蕭關，李廣從軍抗擊匈奴。他既善於騎馬射箭，又異常勇敢，殺死和俘虜的敵人很多，因而作了中郎官。

後來，李廣經常跟從文帝出行，文帝對他非常讚賞，還曾非常惋惜的對他說：「眞是可惜呀！你眞是生不逢時呀！如果你是處在高帝打天下的時代，憑你的本事，做個食邑萬戶的列侯還有什麼問題！」

李廣不僅勇敢，還是智勇雙全。有一個故事，很能說明李廣的這項特點。

漢景帝中和六年（西元前一四四年），匈奴多次入侵上郡，漢景帝派了一個大臣隨李廣前往戍守，希望這個大臣跟李廣學學有關軍事布陣、抗擊匈奴的方法。

有一天，這個大臣帶著幾十個騎兵在野外縱馬馳騁，突然看到三個匈奴人，大臣心想，我們有這麼多人，他們才三個，打！可是沒想到這三個匈奴人還眞厲害，不但將大臣本人射傷，還把他所帶的幾十個騎兵幾乎全部殺光。

受傷的大臣狼狽逃回去，驚魂甫定的向李廣描述了事情的經過。李廣聽了，斷定道：「你們所碰到的，一定都是射大鵰的人。」

匈奴的射鵰手向來是最厲害的。

說完，李廣就帶了一百個騎兵，立刻去追趕那三個匈奴人。三個匈奴人棄馬而徒步行走，已經走了幾十里。李廣帶著人馬追上之後，立刻下令騎兵分別向左右張開，然後他親自出手，朝目標射擊，才一眨眼就射死了一個人，活捉一個人，對那活捉的匈奴人一盤問，果然是射鵰手。

李廣剛命士兵把活捉的那個匈奴人捆綁起來，放在馬上，準備要帶回軍營，大家這才忽然發現在不遠處的

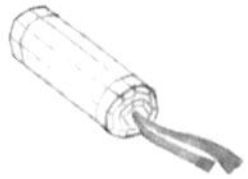

山坡上，不知道什麼時候竟然出現了很多很多的匈奴騎兵！放眼望去，一片密密麻麻，粗略估計至少有幾千騎之多！匈奴騎兵顯然也看到了李廣及其所帶領的一百多騎兵，很快的就已經在山上布開陣勢。

李廣的士兵們都大爲驚駭，很多人已不自覺的雙腿發軟，或慢慢後退，恨不得李廣一聲令下，立刻拔腿就跑，李廣卻臨危不亂，當機立斷的對士兵們說：「鎮定！千萬不要跑！一跑反而就沒命了！不跑他們反而會以爲我們是誘敵之兵，以爲大軍就在我們後面，這樣他們就絕對不敢輕舉妄動！」

爲了把戲演得更逼眞些，李廣下令：「繼續向前走！」

策馬前進到離匈奴陣地不到兩里遠的地方，李廣勒馬叫大家停下馬，然後下令：「全部下馬，把鞍轡都卸了！」

士兵們都頗爲惶恐，也頗爲猶豫，有人問道：「現在我們離匈奴兵那麼近，他們人數那麼多，我們人數這麼少，如果把鞍轡卸了，萬一有什麼緊急狀況該怎麼辦？到時候我們連逃都沒辦法逃呀！」

李廣堅定的說：「正是因爲現在敵眾我寡，我們卸了鞍轡，表示我們就待在這裡不走，他們才會更相信我們是誘敵之兵。」

正如李廣所料，當他們表現得這麼老神在在的時候，匈奴兵反而非常迷惑，弄不清他們的葫蘆裡究竟是在賣什麼藥，因此一直在觀望，不敢貿然出兵。

不久，前一個騎著白馬的匈奴將領策馬過來，在李廣他們附近繞來繞去，顯然是想比較近距離的觀察他們，又或者想發動試探性的攻擊，李廣便率領十幾個騎兵衝上前去，射殺了那個匈奴將領，然後大夥兒又回到隊伍中，李廣命令大家解下馬鞍，甚至把馬兒都給放

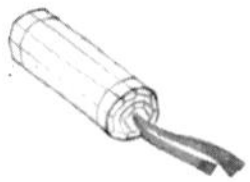

了，橫七豎八的各自躺下。

這時，天色漸漸暗了下來，匈奴兵還是沒摸清楚李廣他們的意圖，因此也就一直不敢採取行動。等到夜更深的時候，匈奴兵終於一致認定附近一定有大批漢軍埋伏，很可能就是想趁夜裡展開夜襲！於是，匈奴兵紛紛引兵退去。

李廣和士兵們就這樣在野外睡了一夜，直到天亮，安然無恙的回到遠在幾十里之外的軍營。留守在軍營裡的將士們，見李廣等人一夜未歸，都很著急，可是又不曉得他們究竟到哪裡去，也沒辦法接應。等到大家得知李廣等人脫險的經過，都爲他們捏了一大把冷汗，也對李廣所展現的大智大勇十分佩服。

漢武帝即位以後，爲了消滅匈奴，在軍事上採取了更積極的作爲，李廣、衛青和霍去病都是當時的名將。

有一次，剛由衛尉升任爲將軍不久的李廣，奉令率軍出雁門關進攻匈奴，不料，因爲匈奴人多勢眾，漢軍戰敗，李廣也被活捉。李廣之所以會被活捉也是有原因的，因爲在戰前單（ㄔㄢˊ）于（古代匈奴君長的稱號）就特別下令，一定要生擒李廣。

李廣被活捉時，因爲負傷，陷入了昏迷，幸好傷勢並不是很嚴重。過了好一會兒，李廣蘇醒過來，發現自己被捆綁著裝在一個繩編的網兜裡，而這個大網兜又被放在兩匹馬的中間，由兩匹馬一起馱著。李廣迅速冷靜的研判了一下當前的情勢——自己的傷勢並不重，應該還有能力逃脫。

他繼續對周遭悄悄觀察，發現周圍人馬並不多，而且就在不遠處有一個匈奴少年正騎著一匹好馬！……很快的，李廣就制定了一個逃脫的計畫。

他先悄悄鬆開身上的繩索，猛然一躍而起，跳到那個匈奴少年所騎的馬上，在少年還沒回過神來的時候，

就以極其乾淨俐落的動作奪下少年的弓，一把就把少年推下馬去，然後策馬朝著南方飛馳而去。

匈奴見李廣逃跑，急急忙忙派出幾百名騎兵追趕，在眼看就要追上的時候，李廣停下來，忽然勒馬回過身來，不慌不忙的拈弓搭箭，這樣一箭一個，箭無虛發，一口氣就射殺了十幾個匈奴，然後在追兵稍微有些卻步的時候，他立刻又跑，就這樣追追殺殺，一連跑了十多里路，李廣終於和自己的殘部會合，後面的匈奴追兵也只好放棄對李廣的追殺。

李廣雖然總算是平安逃了回來，但朝廷認爲他吃了敗仗，軍隊傷亡太多，他自己又被敵人活捉，應該斬首。後來，李廣好不容易用錢物贖了死罪，但還是被削去官職，降爲平民。

這樣過了幾年，直到後來匈奴再度入侵，殺了遼西太守，打敗了韓安國將軍，韓將軍被調到右北平。於是，漢武帝又召見李廣，並封他爲右北平太守。李廣帶兵駐紮在右北平時，匈奴聽說現在是李廣在此地鎮守，都頗有些顧忌。匈奴給李廣一個封號：「漢朝的飛將軍。」甚至還避著他好些年，不敢輕易入侵右北平。

李廣一生爲官清廉，對部下非常照顧。他帶兵出征，如果遇到飲水缺乏、糧食斷絕的處境，李廣一定要等所有的士兵都喝到水了，他才肯靠近水源；所有的士兵都吃飽了，他才肯吃東西。平日，他對待部下總是相當寬鬆，絕不苛求，還常常與部下一起把射箭當成是遊戲，比賽射箭的遠近，輸者就罰其飲酒。士兵們對李廣都非常愛戴。

李廣的驍勇善戰是非常出名的，但他實在是一個時運不濟的將軍；在他一生當中，所參與的與匈奴作戰的戰役，前後一共有七十幾次，也並不是沒有戰績，卻似乎總是很難封侯領賞，而如果作戰失利，倒不止一次差

點兒被處死。李廣有一個堂弟，名叫李蔡，也是一位將軍，但能力平平，名聲簡直和李廣沒法比，可是李蔡在戰場上的運氣卻很好，可以說沒什麼失誤，因此不但很順利的早早就被封爲列侯，後來官位還達到三公，十分顯貴；不像李廣，儘管名聲很大（唐代詩人王昌齡〈出塞〉中著名的詩句「但使龍城飛將在，不教胡馬度陰山」，所謂「飛將」，指的就是李廣），可是他戎馬一生，出生入死，不但未得封賞，官位也沒超過九卿。就連李廣的部下都有人獲得侯爵之封！惟獨李廣，運氣實在是太背了！

或許就是因爲這個緣故，民間有所謂「李廣難封」的說法，用來比喻命運不公，該得到獎賞的卻遲遲沒有等到令人欣慰的結果。由此也可看出民間對於時運不濟的李廣，普遍都抱持著一種同情。

李廣最後的結局也充滿了悲劇色彩。

元狩四年（西元前一一九年），漢武帝派大將軍衛青、驃騎將軍霍去病率大軍大舉征伐匈奴。李廣再三向漢武帝請命，希望也能參加這場戰役，可是漢武帝私底下覺得李廣的命一定不好，不想讓他參加，後來因爲李廣不斷的要求，只得勉強同意，讓李廣擔任前將軍。

沒想到，這就是李廣最後的一場戰役。

李廣像往常一樣，身先士卒，一心想和單于決戰，可是大將軍衛青不同意，非要自己親自帶兵負責正面攻擊。李廣不知道，其實在出征之前，漢武帝曾暗中吩咐衛青，千萬不要讓李廣單獨與單于對陣，以免失去戰機。

衛青下令李廣負責帶兵迂迴包抄，適時再與自己所率領的主力部隊會合，合力殲滅單于，然而，李廣由於對地形地勢都不夠熟悉，又缺乏嚮導，竟迷了路，未能及時與主力部隊會合，單于也就這樣乘機逃脫了。

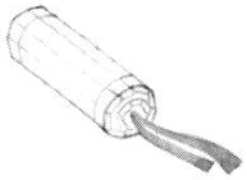

戰役結束後，朝廷要追究責任，李廣不願牽連其他的將領，竟在悲憤交加中毅然自殺了。消息傳出之後，許多戰士和老百姓都同聲一哭，爲一代名將李廣表示了深深的哀悼！

張騫的故事

經過七年戰亂，劉邦建立漢王朝之後，西漢初年基本上是執行「無爲政治」，讓老百姓休養生息。在處理與匈奴的關係上，也是採取一種比較妥協的「和親政策」。

「和親政策」是在劉邦主政時期開始實行的。劉邦曾率幾十萬大軍遠征過匈奴，這也是漢朝對匈奴的第一次戰爭，結果因爲劉邦急躁冒進，以失敗告終，幾十萬大軍被匈奴冒頓單于圍困在平城東南的白登，整整七天七夜，沒食物可吃，軍心極爲惶恐。這就是史上有名的「白登之圍」。

「白登之圍」之所以能化解，是靠著陳平的一個計謀。陳平讓畫工畫了一個非常美麗的女子，派人去拜見

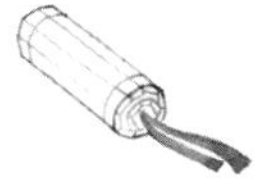

「閼氏（ㄧㄢ　ㄓ　）」（在漢代，專門以這個名詞來稱呼匈奴單于的妻子），說漢帝有意言和，一方面送閼氏很多金銀珠寶，一方面還想送一個美人給單于，只不過美人現在不在軍中，所以只能先送來一幅美人的畫像，懇請閼氏幫忙轉交給單于。

閼氏既貪圖那些金銀珠寶，又深恐漢美人來了以後，自己會失寵，於是，便收下厚禮，並要使者回去轉告，說美人就不必送了，她會幫忙漢帝在單于面前說說好話，請單于網開一面。由於單于寵愛閼氏，在閼氏的求情之下，居然就眞的放過劉邦一馬。

「白登之圍」的危機化解之後，劉邦還是得面對今後該如何應付匈奴的問題。這時，有一個名叫劉敬（婁敬）的人就建議把大漢的公主嫁給單于，這樣雙方就成了親家，單于以後想必就不大好意思再動武，日後單于與公主所生的孩子就是劉邦的外孫，大家的關係就更深了，這麼一來，豈不是不必費一兵一卒就可以降服匈奴了嗎？

劉邦覺得這個辦法聽起來好像還挺可行的，問題是他就一個女兒，怎麼捨得把女兒遠嫁到蠻夷之邦去？呂后知道這個計畫以後，也是竭力反對，所以後來劉邦還是派人選了一個漂亮的宮女，以「大公主」的名義嫁給了冒頓單于，漢朝的「和親政策」也就此展開。

接下來，儘管匈奴人並沒有因爲成了漢朝的親戚，就完全停止對漢朝北部邊境的騷擾，「和親政策」還是一直持續了七十年。直到「文景之治」之後，雄才大略的漢武帝即位，對匈奴開始改採強硬的手段，把匈奴打得撤退到大沙漠以北，出現了罕見的「匈奴遠遁，而漠南無王庭」的局面，中國北部地區也得到開發。

打通西域之後，漢武帝又開始派人出使西域，特別

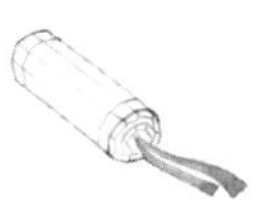

是計畫派使者到月氏國，想聯合月氏國共同夾擊匈奴，俾能徹底消滅匈奴。因爲漢武帝聽說匈奴打敗了月氏王，在殺了月氏王之後，還把月氏王的頭骨當作飲酒的器具，所以月氏國的人都很恨匈奴。

月氏國在匈奴的北面，也就是說匈奴剛好位於漢朝和月氏國的中間，如果漢朝和月氏國聯手夾擊匈奴，似乎是一條不錯的計策，可問題是，想要去聯合月氏國的使者，也就一定要途經匈奴，必然也是非常的危險，有誰願意承擔這麼一個艱巨無比的任務呢？

有一位郎官，名叫張騫，回應了朝廷的招募。張騫是漢中成固（今陝西城固）人。建元二年（西元前一三九年），張騫與堂邑縣一戶人家，從前一個叫作甘父的胡人奴僕（下面簡稱爲「堂邑父」），帶領了一百多人，奉漢武帝的命令，出使大月氏。

他們走出隴西，在匈奴境內，果然被匈奴抓了起來，並把他們送到單于那裡。單于覺得張騫等人的任務簡直可笑，說：「月氏國在我的北面，漢朝怎麼能夠出使？」

單于把他們統統扣留起來，還給張騫娶了妻子。張騫就這樣在匈奴一住就是十多年，還生了兒子。從表面上看來，張騫似乎已愈來愈像一個匈奴人，生活也非常平靜，但實際上他的心裡始終沒有忘記自己是漢朝的使臣，也一直把出使符節小心保管。

時間一久，匈奴以爲張騫已經落地生根，大概早就把漢朝給忘了，對他的看管愈來愈鬆。有一天，張騫終於等到了機會，和一些手下一起向月氏逃亡。他們向西走了幾十天，到達了大宛國。

大宛國早就聽說漢朝物產豐饒，原就想和漢朝來往，看到張騫，對他非常禮遇。張騫便請求大宛國王幫忙，請國王派人引導護送他至月氏國，並許諾只要他

能抵達月氏國，完成任務，再返回漢朝，漢朝必定會感謝國王，並贈送很多禮物。大宛國國王也深信只要幫助張騫，日後一定會得到豐厚的答謝，便果真爲張騫派出驛站嚮導，一路護送張騫到康居，康居又護送他到月氏國。

張騫終於抵達目的地了！然而，令他失望的是，大月氏自從國王被匈奴殺了以後，就立了太子爲王，現在早已臣服大夏國，這裡土地肥沃，物產豐饒，賊寇也很少，月氏王覺得現在全國的老百姓都過得很不錯，一點也沒有想要報復匈奴的意思，再加上他們認爲與漢朝那麼遙遠，根本就無意與漢朝一起夾擊匈奴。

張騫不死心，又從月氏來到大夏，仍然得不到願意與漢朝一起共同對付匈奴的訊息。張騫沒辦法，只好決定打道回府。經過南山時，他原本計畫要從羌人地界回去，沒想到又被匈奴抓住，而且又被扣留了一年多。直到後來單于死了，匈奴國發生內亂，張騫才和他的胡人妻子及堂邑父一起逃亡回到漢朝。

出使十三年，張騫終於回到了故鄉，只是，當初他帶了一百多人同行，現在平安回來的只剩下他和堂邑父兩個人。堂邑父本來就是胡人，善於射箭，在這漫長的出使途中，每當碰到窮途末日之際，都是靠著堂邑父射獵禽獸作爲食物才總算度過難關。回到京城之後，大漢王朝封張騫作了太中大夫，堂邑父作了奉使君。

張騫的力氣很大，待人也很寬厚、講信用，儘管曾被匈奴扣留，前後長達十一年，但西域國的人都很喜歡他，這對於他了解西域國的風土民情有很大的幫助。張騫親身到過的地方有：大宛、大月氏、大夏和康居等等，聽說在這些國家的旁邊還有大國五、六個。

張騫把自己對於西域國的了解，全部向漢武帝做了詳細的匯報。比方說，大宛國在匈奴的西南面，在漢的

正西面，離漢大約有萬里，人口大約有幾十萬，大宛國的習俗是務農的，百姓種田，主要是種稻子和麥子，大宛國產葡萄酒，多良馬，大宛國中有城郭房屋，所屬的城邑，大大小小有七十多座，大宛國民眾所使用的兵器主要是弓箭和長矛，士兵則是騎馬射擊；大宛國的北面是康居，西面是大月氏，西南則是大夏，東北則是烏孫國，東面是扜罙和于闐；于闐西面的水流都向西流入西海，東面的水流則流入鹽澤湖；鹽澤湖的湖水在地下潛流，鹽澤湖的南面，就是黃河的源頭，那裡多玉石，黃河流入中國；樓蘭和姑師城就有城郭臨近鹽澤湖，鹽澤湖離長安城大約有五千里；匈奴的右方就位於鹽澤湖以東，一直到隴西的長城的南邊，與羌相接，阻隔了漢朝通往西域的道路……

七年後，也就是元狩四年（西元前一一九年），張騫再度奉命出使烏孫，並派副使出使大宛、康居、大夏和安息等地。

張騫兩次出使，不但加強了中原和西域少數民族的聯繫，也進一步發展了漢朝與中亞各地人民的友好關係，促進了經濟文化的交流與發展。

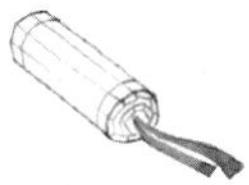

司馬相如的故事

漢賦的奠基者司馬相如是蜀郡成都人，字長卿，小名叫作犬子。爲孩子取這麼一個不雅的名字，是古人（特別是在農村地區）的一種習俗，認爲孩子的名字愈土、愈平常甚至愈卑賤，孩子就愈容易養得好、養得活。

「相如」這個名字是他自己取的，因爲他的祖籍是戰國時的趙國，又特別崇拜當年趙國的國相藺相如，崇拜到把自己的名字也改爲相如，期許自己也能像藺相如一樣，能文能武，日後建立一番了不起的功業。

司馬相如從小就非常喜歡讀書，也很喜歡劍術。大約在漢景帝前元五年（西元前一五二年），二十歲左右的司馬相如已經成爲一個文武雙全的青年。按當時朝廷的規定，有家產五百萬錢以上的，可以作郎官，但得自備車馬服飾到京師長安（今陝西西安），等候政府任用。當時司馬相如的家境還算相當富裕，家裡就爲他買了一個「武騎常侍」的小官，經常隨侍在漢景帝身邊。不過，由於漢景帝不大喜歡文藝，對司馬相如自然也就沒怎麼特別在意。

不久，梁孝王帶著一些文人雅士來京城朝見景帝，司馬相如和這些人非常投緣，益發感覺到自己作的那個「武騎常侍」實在沒什麼意思，後來就乾脆以「健康欠佳」爲由，辭掉了「武騎常侍」，旅居梁國，專心從事文學創作，並經常與文友們往來。這段時期，司馬相如過得非常稱心，他也就是在這個時候寫下了非常有名的〈子虛賦〉。

可惜，好景不常，梁孝王死了，司馬相如遂賦閒家中。在生活無以爲繼的情況之下，司馬相如只好回到成

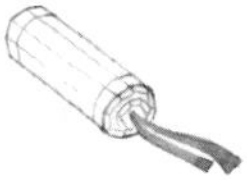

都老家。然而，由於這時他的父母都已過世，也沒留下什麼財產，只剩下一棟破舊的房子，所以，司馬相如回去之後，日子還是過得非常窘迫。

臨邛（ㄑㄩㄥˊ）縣縣官王吉，與司馬相如的私交向來不錯，看到司馬相如落難，決心要幫他。

首先，王吉邀司馬相如搬到臨邛縣來。接著，王吉拚命想抬高司馬相如的身價。王吉的作法很簡單，就是自從司馬相如來到臨邛縣以後，他就天天跑到司馬相如所住的那個不起眼的地方，恭恭敬敬的向司馬相如請安。一開始，司馬相如還出來與王吉見面，後來就推託有病根本不見。王吉絲毫沒有怪罪司馬相如的態度傲慢，態度反而更加恭敬。

這件事很快就在地方上傳開了。這到底是一位什麼樣的客人呀？堂堂縣令大人居然天天都要去看他，還不見得看得到？甚至，被擋在門外，縣令大人連眉頭也不敢皺一下？

臨邛縣有一個大富豪名叫卓王孫，當他知道這個消息以後，就和朋友們商量，既然縣令現在有一位貴客，他們應該設宴款待這位貴客，也把握機會認識一下；當然，一定要請縣令作陪。

宴席當天，縣令王吉如期赴宴。卓府中賓客滿門，地方上有頭有臉的人幾乎全來了。可是，到了午時，司馬相如還沒有出現，卓王孫派人去請，得到的回覆居然是說司馬相如病了，不能來。王吉趕緊親自去迎接，這才總算把司馬相如給迎來了。這一切應該是王吉與司馬相如早就商量好的，目的就是要藉著「擺足了架子」來顯示出司馬相如的身價不凡，引起大家的好奇。

最重要的是想引起宴會主人卓王孫的女兒卓文君的好奇。卓文君長得很漂亮，又是一個才女，特別喜歡文學和音樂。她十六歲嫁人，但不久丈夫就死了，現在正

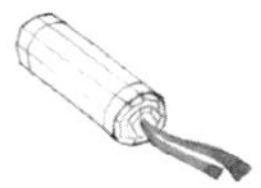

寡居在家。這天，聽說家中來了一位好像很了不起的客人，卓文君果然十分好奇，便躲在屏風後面偷看。

等到司馬相如終於到了卓府，一露面，大家便爲他瀟灑的樣子給震住了，很快的，又被他的氣質、談吐所折服，在不遠處悄悄觀察「貴客」的卓文君，心裡也不禁萌生出幾分愛慕之意。

這還沒完，爲了讓司馬相如好好表現，把魅力發揮到極致，在酒過三巡之後，王吉又要求司馬相如彈琴，說是早就風聞司馬相如琴藝高超，希望能夠有這個機會親耳聆聽。司馬相如也不客氣，大大方方的就彈起來，而且還邊彈邊唱，歌詞盡是描述著「鳳求凰」的渴望。「鳳凰」是傳說中的神鳥，雄的叫作「鳳」，雌的叫作「凰」，在古人的詩文中常常用「鳳凰」來比喻相戀的男女。

司馬相如彈了一首又一首，無論是琴藝、歌詞以及

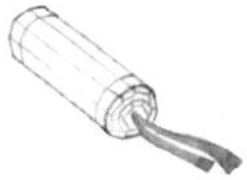

他的丰采，都深深打動了卓文君，卓文君這時也聽出了些什麼，感覺到這美妙的音樂是衝著她來的。

宴會結束之後，司馬相如又暗中買通了卓文君身邊的婢女，正式表達了追求之意，並大膽約卓文君私奔！當天夜裡，卓文君果眞就來到司馬相如的家，司馬相如則早就備好車馬等在那裡（眞有自信啊！），然後兩人連夜就趕回司馬相如在成都的老家。

司馬相如的老家實在很窮。按《史記》中的描述是「家居徒四壁立」。後人就把這句話引申成「家徒四壁」，用來形容一個家庭貧窮的程度。想想看，一個家窮到只剩下四面牆壁，其他幾乎什麼也沒有，確實是夠窮的了。

司馬相如和卓文君在成都生活得非常艱難，後來還是回到臨邛縣，在朋友的資助下，開起了一家小酒館。這麼一來，卓王孫就坐不住了。

當初，卓王孫只不過是爲了想討好縣令，和縣令的貴客攀點兒關係，才設下盛宴款待素昧平生的司馬相如，沒想到一頓飯吃下來，司馬相如居然拐跑了寶貝女兒，卓王孫氣得眞恨不得能立刻就把司馬相如那小子給宰了！結果，跑了就跑了吧，沒想到他們倆居然又回來，還開起了小酒館！一想到本是大家閨秀的女兒，現在居然拋頭露面的賣起酒來，卓王孫就覺得如坐針氈，又急又氣。

親朋好友不斷來勸卓王孫，說反正他們小倆口已經在一起了，你若堅持和他們倆斷絕往來也不盡情理啊，再加上司馬相如雖然現在很窮，可是人才出眾，和縣令又是好友，未來應該還是會有發展，不如眼前還是幫幫他們吧。

卓王孫無奈之餘，只好分給司馬相如和卓文君不少奴僕和財產，叫他們別開小酒館了。小倆口帶著錢財又回到成都，買地蓋房，開始過著挺優渥的生活，司馬相如也可以安心的把精神投入在文學創作。

有一天，漢武帝偶然讀到司馬相如在多年前所寫的〈子虛賦〉，非常欣賞，得知這篇賦的作者是司馬相如以後，特地把司馬相如召來。司馬相如也當場就很有自信的向漢武帝表示，〈子虛賦〉寫的是諸侯之事，現在他要爲天子寫一篇「遊獵賦」。

司馬相如花了很長的時間，終於寫好一篇〈天子遊獵賦〉。漢武帝讀完這篇賦，大爲誇讚，馬上封司馬相如爲郎官。

當了郎官之後，司馬相如還出使過西南夷，又爲武帝平定西南夷，在打通西南通道方面有所貢獻。後來因身體不好辭官回家，這一次「身體不好」是眞的，不久，大約在西元前一一八年，司馬相如就去世了，享年五十四歲左右。

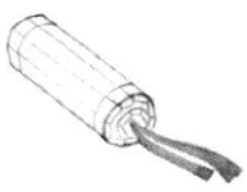

東方朔的故事

在漢武帝的時候，齊地有一個男子，名叫東方朔，他非常喜歡古代的史傳和儒家的經術，所以很下了一番工夫，非常廣泛的博覽了諸子百家的書簡，是一個很有學問的人。

東方朔剛進入長安，就去公車處向皇上進言。「公車」是專門負責掌管殿廷司馬門的官署，天下所有對皇上、對朝廷的建言都匯集在這裡。公車處的官員看到東方朔的奏摺眞是嚇了一大跳！那些「簡牘（ㄉㄨˊ）」——就是木片呀、竹片呀，堆得跟一座小山似的，數一數，至少有三千片之多！公車處派了兩個人來扛抬這些奏摺，好不容易才全部搬進來，整理妥當。

想來也是由於這個時代還沒有發明紙，所以很不方便。紙是東漢時期的蔡倫所發明的，是整個人類文明史上的偉大發明。漢武帝這個時代屬於西漢，也就是說，還要幾十年以後才會出現紙。因此，在沒有紙之前，像漢武帝這樣比較勤政的帝王，要看奏摺也很辛苦。漢武帝就整整花了兩個月，才把東方朔的奏摺全部看完。

看完之後，漢武帝倒是對東方朔相當欣賞，下詔封了東方朔爲郎官。從此，東方朔便經常隨侍在武帝左右。武帝經常把東方朔召喚過來，與他一起談論政事，武帝總是非常愉快。

武帝欣賞東方朔，其他的大臣對東方朔卻普遍都不大以爲然。

東方朔保舉自己的兒子做郎官，又調任爲侍中的接待外來賓客、通報洽談外事的職位，還時常奉命出使他國。這也就罷了，東方朔自己還有很多看來十分荒誕的行徑，令人很難接受。比方說，武帝常常下詔賞賜東方

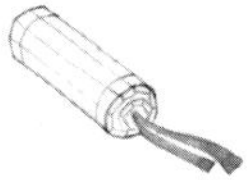

朔許多美食。東方朔飽餐一頓之後，還常常「吃不完兜著走」——把剩下的肉揣在懷中帶回去！即使是把衣服弄得髒兮兮的，他也不在乎。更令人非議的是，東方朔還專門用皇上所賜的金錢絹綢去娶長安城裡年輕漂亮的女子，而且每次娶婦，大約只維持一年，也就是說，東方朔差不多年年都是娶新婦，幾乎是把皇上所賜的錢財都花在這些女子身上了。

在武帝左右的眾多郎官中，有一半的人都叫東方朔爲「瘋子」。武帝聽到這個說法，還爲東方朔說話。武帝說：「如果東方朔沒有這些荒誕怪異的行爲，你們之中有哪一個能比得上他呀！」

也有好事者跑去告訴東方朔，說很多人都說他是瘋子。東方朔則以自己的一套「歪理」來作答，他說：「我哪裡是瘋子，我是隱士！只不過從前的隱士是隱居在深山之中，我呢，則是隱居在朝廷之間！」

大概在古人的概念裡，「隱士」的行爲總是有自己的一套準則，是一般人所難以理解的。

東方朔大約對自己這番「朝廷裡的隱士」的比喻頗爲得意，愈想愈覺得貼切，愈想愈覺得高明，有一次，他在一場宴會上喝多了，發起酒瘋，還爬在地上大聲唱歌：「我淪落在世俗之中，隱居在金馬門，宮殿中既然可以隱居，又何必躲在深山之中，住那種竹門的草屋呢？」

所謂「金馬門」，就是官宦衙之門，大門旁有銅馬，所以大家都稱之爲「金馬門」。

這樣過了幾十年。有一天，許多在官的學者與東方朔聚在一起談論，大家一起詰難東方朔道：「當年蘇秦、張儀兩人遇到了君王之後，都得到了卿相這樣的高官厚祿之位，他們的恩澤還延續到了後世的子孫，如今你自認博古通今，四海之內沒有人比你更強，而且你也

全力盡忠去事奉聖上，可是現在幾十年過去，你的官位不過仍是一個小小的郎官，職責也不過依然是一個手持戰戟的侍從，這是爲什麼呢？是不是意味著你還是有些過失的嗎？」

東方朔說：「彼一時也，此一時也……」

意思是說，那時有那時的情形，現在又有現在的情形，不同時代的事，怎麼能夠相提並論呢？

對東方朔這些西漢時期的人來說，戰國時期的蘇秦和張儀已算是古人了，他們所處的情況是怎麼樣的呢？

東方朔說：「那個時候，眾多諸侯國的國力都相當接近，各國都急需人才，特別需要謀士，甚至，能得到優秀的謀士，國家就會強大，若失掉謀士，國家就會滅亡，在那樣的時代背景之下，謀士當然就很吃香了，一旦受到君王重視，恩澤自然也會延及後世，讓子孫也長久的享有榮華富貴。現在的情況就不一樣了，現在是天下一統，國家強大，聖上又實在是太英明了，在聖上手底下做事，能幹的人和沒用的人又有什麼差別！如果蘇秦、張儀是活在今天，恐怕連小小的郎官也當不上呢！」

爲了進一步強化自己的觀點，東方朔又引經據典道：「《史傳》說：『天下沒有災害，雖然有聖人，也無法施展其才幹；一國的上下和睦同心，雖然有賢良的人，也沒處立功。』《詩經》也說：『鼓和鐘放在深宮中，敲擊出的聲音能傳到宮外；處在幽深遙遠沼澤中的鶴，牠的鳴叫聲可傳到天上。』總之，只要自己修身養性，何必擔心享受不到榮華富貴？你們又爲什麼要對我猜疑呢？」

大家聽了，都啞口無言，無法應答。

東方朔很懂得吊人胃口，也很懂得揣摩武帝的心思。有一天，皇宮裡忽然出現了一隻奇怪的動物，長得有一點兒像麋鹿，沒人知道這究竟是什麼動物，更叫不

出牠的名字。武帝下詔傳喚東方朔來看。東方朔一看便說：「我知道是什麼，但希望陛下先賞賜我美酒好飯，我才說。」

等到大吃一頓之後，東方朔又說：「某處有公田魚池蒲葦地幾頃，希望陛下賞賜給我，我才說。」

武帝同樣答應了。東方朔賣足了關子：「這是一種祥瑞的動物呀！凡是遠方之邦將來歸義的，牠就會預先出現……」

東方朔還說了一個沒有任何人聽過的怪名字，說那就是這隻代表吉祥的動物的名字。

過了一年多，匈奴混邪王果然率領十萬之眾來歸降漢廷，武帝居然還記得當年東方朔那番解釋，也沒疑心那隻吉祥的動物在一年多前就現身作爲「吉祥的象徵」會不會太早了一點，總之，武帝認爲東方朔說對了，非常高興，還因此又賞賜給東方朔很多錢財。

轉眼東方朔步入老年，得了病，在他病重將死之際，他一改向來嬉笑怒罵的作風，正正經經的對武帝諫言道：「《詩經》說：『嗡嗡亂飛的蒼蠅，停止在藩籬上。慈祥端莊的君子，不相信讒言。讒言沒有止境，是四方的鄰國相互搗亂。』希望陛下遠離乖巧奸佞的小人，退避讒言！」

不久，東方朔就病死了，享年六十一歲。

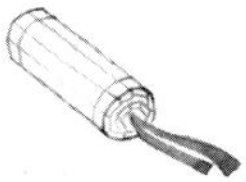

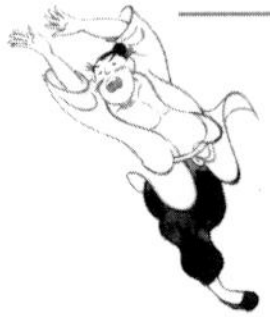

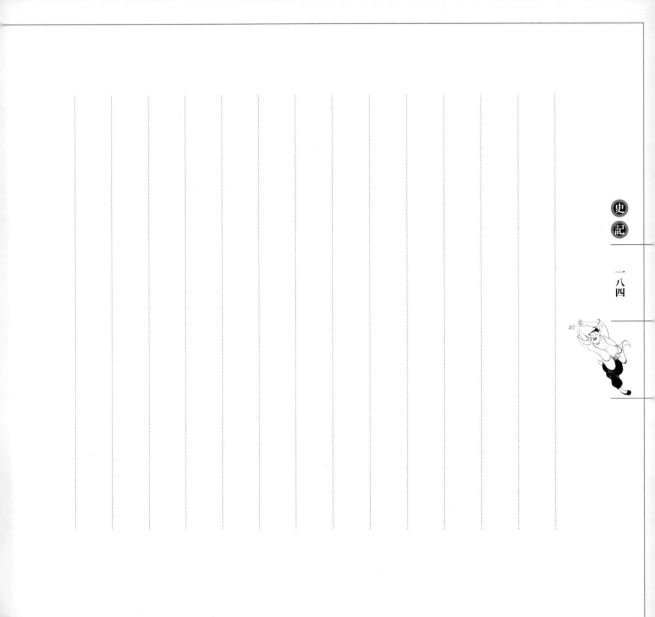

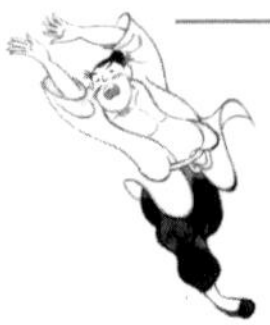

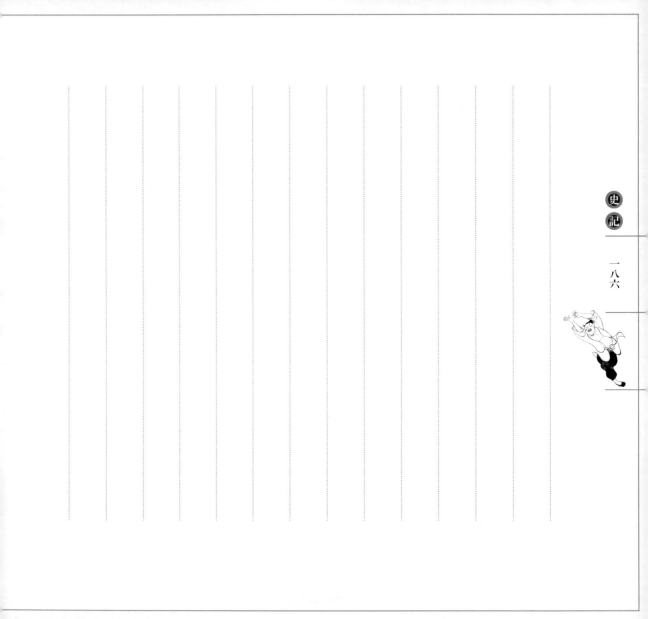

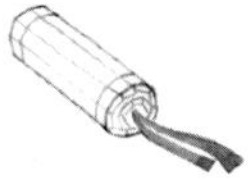

國家圖書館出版品預行編目資料

史記：精采生動的人物傳記 / 司馬遷原著；
管家琪改寫；陳維霖繪圖 .—— 初版 .
—— 台北市：幼獅，2007【民 96】
面；　公分 .——（典藏文學：14）

ISBN 978-957-574-618-6（平裝）

859.6　　95022138

史記
——精采生動的人物傳記

・典藏文學・
定價＝200 元
港幣＝67 元
初版＝2007.01
八刷＝2020.03

書號 987162
行政院新聞局核准登記證
局版台業字第〇一四三號

印刷＝崇寶彩藝印刷股份有限公司

改　寫＝管家琪
原　著＝司馬遷
繪　圖＝陳維霖
出版者＝幼獅文化事業股份有限公司
發行人＝李鍾桂
總經理＝王華金
總編輯＝林碧琪
責任編輯＝周雅娣
美術編輯＝裴蕙琴
公　司＝10045台北市重慶南路1段66-1號3樓
電　話＝(02) 2311-2832
傳　真＝(02) 2311-5368
郵政劃撥＝00033368

幼獅樂讀網
http://www.youth.com.tw
e-mail:customer@youth.com.tw
幼獅購物網
http://shopping.youth.com.tw

幼獅文化公司 ／讀者服務卡／

感謝您購買幼獅公司出版的好書！
為提升服務品質與出版更優質的圖書，敬請撥冗填寫後(免貼郵票)擲寄本公司，或傳真(傳真電話02-23115368)，我們將參考您的意見、分享您的觀點，出版更多的好書。並不定期提供您相關書訊、活動、特惠專案等。謝謝！

基本資料

姓名：________ 先生／小姐

婚姻狀況：□已婚 □未婚　職業：□學生 □公教 □上班族 □家管 □其他

出生：民國____年____月____日　電話：(公)________(宅)________(手機)________

e-mail：________　聯絡地址：________

1.您所購買的書名： 史記：精采生動的人物傳記

2.您通常以何種方式購書?： □1.書店買書 □2.網路購書 □3.傳真訂購 □4.郵局劃撥 □5.幼獅門市 □6.團體訂購 □7.其他

3.您是否曾買過幼獅其他出版品： □是，□1.圖書 □2.幼獅文藝 □3.幼獅少年 □否

4.您從何處得知本書訊息： □1.師長介紹 □2.朋友介紹 □3.幼獅少年雜誌 □4.幼獅文藝雜誌 □5.報章雜誌書評介紹________報 □6.DM傳單、海報 □7.書店 □8.廣播(　　　) □9.電子報、edm □10.其他________

5.您喜歡本書的原因： □1.作者 □2.書名 □3.內容 □4.封面設計 □5.其他

6.您不喜歡本書的原因： □1.作者 □2.書名 □3.內容 □4.封面設計 □5.其他

7.您希望得知的出版訊息： □1.青少年讀物 □2.兒童讀物 □3.親子叢書 □4.教師充電系列 □5.其他

8.您覺得本書的價格： □1.偏高 □2.合理 □3.偏低

9.讀完本書後您覺得： □1.很有收穫 □2.有收穫 □3.收穫不多 □4.沒收穫

10.敬請推薦親友，共同加入我們的閱讀計畫，我們將適時寄送相關書訊，以豐富書香與心靈的空間：

(1)姓名________ e-mail________ 電話________
(2)姓名________ e-mail________ 電話________
(3)姓名________ e-mail________ 電話________

11.您對本書或本公司的建議：

廣　告　回　信
台北郵局登記證
台北廣字第942號

請直接投郵　免貼郵票

10045 台北市重慶南路一段66-1號3樓

幼獅文化事業股份有限公司 收

請沿虛線對折寄回

客服專線：02-23112836 分機 208　傳真：02-23115368
e-mail：customer@youth.com.tw
幼獅樂讀網http：//www.youth.com.tw